デカ文字文庫
舵社

高瀬舟
山椒大夫

森鷗外 著

目次

高瀬舟

高瀬舟《たかせぶね》は京都の高瀬川を上下する小舟である。徳川時代に京都の罪人が遠島《えんとう》を申し渡されると、本人の親類が牢屋敷《ろうやしき》へ呼び出されて、そこで暇乞《いとまごい》をすることを許された。それから罪人は高瀬舟に載せられて、大阪へ廻されることであった。それを護送するのは、京都町奉行の配下にいる同心で、此《この》同心は罪人の親類の中で、主立《おもだ》った一人を大阪まで同船させることを許す慣例であった。これは上《かみ》へ通った事ではないが、所謂大目に見るのであった。黙許であった。

当時遠島を申し渡された罪人は、勿論重い科を犯したものと認められた人ではあるが、決して盗《ぬすみ》をするために、人を殺し火を放ったと云うような、獰悪《どうあく》な人物が多数を占めていたわけではない。高瀬舟に乗る罪人の過半は、所謂心得違《こころえちがい》のために、想《おも》わぬ科《とが》を犯した人であった。有《あ》り触《ふ》れた例を挙げて見れば、当時相対死《あいたいし》と云った情死を謀《はか》って、相手の女を殺して、自分だけ活《い》き残った男と云うような類《たぐい》である。

そう云う罪人を載せて、入相《いりあい》の鐘の鳴る頃に漕《こ》ぎ出された高瀬舟は、黒ずんだ京都の町の家々を両岸に見つつ、東へ走って、加茂川《かもがわ》を横ぎって下るのであった。此舟の中で、罪人と其《その》親類の者とは夜どおし身の上を語り合う。いつもいつも悔《く》やんでも還《かえ》らぬ繰言《くりごと》である。護送の役をする同心は、傍《そば》でそれを聞いて、罪人を出した親戚眷族《しんせきけんぞく》の悲惨な境遇を細かに知ることが出来た。所詮《しょせん》町奉行所の白洲《しらす》で、表向《おもてむき》の口供《こうきょう》を聞いたり、役所の机の上で、口書《くちがき》を読んだりする役人の夢にも窺《うかが》うことの出来ぬ境遇である。

同心を勤める人にも、種々《いろいろ》の性質があるから、此時只《このときただ》うるさいと思って、耳を掩《おお》いたく思う冷淡な同心があるかと思えば、又《また》しみじみと人の哀《あわれ》を身に引き受けて、役柄ゆえ気色《けしき》には見せぬながら、無言の中に私《ひそ》かに胸を痛める同心もあった。場合によって非常に悲惨な境遇に陥った罪人と其親類とを、特に心弱い、涙脆《なみだもろ》い同心が宰領して行くことになると、其同心は不覚の涙を禁じ得ぬのであった。

そこで高瀬舟の護送は、町奉行所の同心仲間で、不快な職務として嫌われていた。

いつの頃であったか。多分江戸で白河楽翁侯《しらかわらくおうこう》が政柄《せいへい》を執《と》っていた寛政の頃ででもあっ

ただろう。智恩院《ちおんいん》の桜が入相の鐘に散る春の夕《ゆうべ》に、これまで類のない、珍らしい罪人が高瀬舟に載せられた。

それは名を喜助《きすけ》といって、三十歳ばかりになる、住所不定《ふじょう》の男である。固《もと》より牢屋敷に呼び出されるような親類はないので、舟にも只一人で乗った。

護送を命ぜられて、一しょに舟に乗り込んだ同心羽田庄兵衛《はねだしょうべえ》は、只喜助が弟殺しの罪人だということだけを聞いていた。さて牢屋敷から桟橋まで連れて来る間、この痩肉《やせじし》の、色の蒼白《あおじろ》い喜助の様子を見るに、いかにも神妙《しんびょう》に、いかにもおとなしく、自分をば公儀《こうぎ》の役人として敬って、何事につけても逆《さから》わぬようにしている。しかもそれが、罪人の間に往々見受けるような、温順を装って権勢に媚《こ》びる態度ではない。

庄兵衛は不思議に思った。そして舟に乗ってからも、単に役目の表で見張っているばかりでなく、絶えず喜助の挙動に、細かい注意をしていた。

其日は暮方から風が歇《や》んで、空一面を蔽《おお》った薄い雲が、月の輪廓をかすませ、ようよう近寄って来る夏の温《あたたか》さが、両岸の土からも、川床の土からも、靄《もや》になって立ち昇るかと思われる夜であった。下京《しもきょう》の町を離れて、加茂川を横ぎった頃からは、あたりがひっそりとして、只舳《へさき》に割《さ》かれる水のささやきを聞くのみである。

夜舟《よふね》で寝ることは、罪人にも許されているのに、喜助は横になろうともせず、雲の濃淡に従って、光の増したり減じたりする月を仰いで、黙っている。其額《ひたい》は晴やかで目には微《かす》かながやきがある。

庄兵衛はまともには見ていぬが、始終喜助の顔から目を離さずにいる。そして不思議だ、不思議だと、心の内で繰り返している。それは喜助の顔が縦から見ても、横から見ても、いかにも楽しそうで、若し役人に対する気兼《きがね》がなかったなら、口笛を吹きはじめるとか、鼻歌を歌い出すとかしそうに思われたからである。

庄兵衛は心の内に思った。これまで此高瀬舟の宰領をしたことは幾度《いくたび》だか知れない。しかし載せて行く罪人は、いつも殆《ほとん》ど同じように、目も当てられぬ気の毒な様子をしていた。それに此男はどうしたのだろう。遊山船《ゆさんぶね》にでも乗ったような顔をしている。罪は弟を殺したのだそうだが、よしや其弟が悪い奴で、それをどんな行掛《ゆきがか》りになって殺したにせよ、人の情として好《い》い心持はせぬ筈である。この色の蒼《あお》い痩男《やせおとこ》が、その人の情《じょう》というものが全く欠けている程の、世にも稀な悪人であろうか。どうもそうは思われない。ひょっと気でも狂っているのではあるまいか。いやいや。それにしては何一つ辻褄《つじつま》の合わぬ言語《ことば》や挙動がない。此男《この》はどうしたのだろう。庄兵衛がためには喜助の態度が考えれば考える程わからなくなるのである。

暫くして、庄兵衛はこらえ切れなくなって呼び掛けた。「喜助。お前何を思っているのか。」

「はい」といってあたりを見廻した喜助は、何事をかお役人に見咎《みとが》められたのではないかと気遣《きづか》うらしく、居ずまいを直して庄兵衛の気色《けしき》を伺った。

庄兵衛は自分が突然問を発した動機を明《あか》して、役目を離れた応対を求める分疏《いいわけ》をしなくてはならぬように感じた。そこでこういった。「いや。別にわけがあって聞いたのではない。実はな、己《おれ》は先刻《さっき》からお前の島へ往《ゆ》く心持が聞いて見たかったのだ。己はこれまで此舟で大勢の人を島へ送った。それは随分いろいろな身の上の人だったが、どれもどれも島へ往くのを悲しがって、見送りに来て、一しょに舟に乗る親類のものと、夜どおし泣くに極《き》まっていた。それにお前の様子を見れば、どうも島へ往くのを苦にしてはいないようだ。一体お前はどう思っているのだい。」

喜助はにっこり笑った。「御親切に仰《おっし》ゃって下すって、難有うございます。なる程島へ往くということは、外《ほか》の人には悲しい事でございましょう。其心持はわたくしにも思い遣《や》って見ることが出来ます。しかしそれは世間で楽をしていた人だからでございます。京都は結構な土地ではございますが、その結構な土地で、これまでわたくしのいたして参ったような苦《くるし》みは、どこへ参ってもなかろうと存じます。お上《かみ》のお慈悲で、命を助けて島へ遣って下さいます。島はよしやつらい所でも、鬼の栖《す》む所ではございますまい。わたくしはこれまで、どこといって自分のいて好い所というものがございませんでした。こん度お上で島にいろと仰ゃって下さいます。そのいろと仰ゃる所に落ち著いていることが出来ますのが、先づ何よりも難有い事でございます。それにわたくしはこんなにかよわい体《からだ》ではございますが、ついぞ病気をいたしたことがございませんから、島へ往ってから、どんなつらい為事《しごと》をしたって、体を痛めるようなことはあるまいと存じます。それからこん度島へお遣下《やりくだ》さるに付きまして、二百文《もん》の鳥目《ちょうもく》を戴きました。それをここに持っております。」こういい掛けて、喜助は胸に手を当てた。遠島を仰せ附けられるものには、鳥目二百銅を遣《つかわ》すというのは、当時の掟《おきて》であった。

喜助は語《ことば》を続《つ》いだ。「お恥かしい事を申し上げなくてはなりませぬが、わたくしは今日《こんにち》まで二百文というお足《あし》を、こうして懐《ふところ》に入れて持っていたことはございませぬ。どこかで為事《しごと》に取り附きたいと思って、為事を尋ねて歩きまして、それが見附かり次第、骨を惜まずに働きました。そして貰《もら》った銭は、いつも右から左へ人手に渡さなくてはなりませなんだ。それも現金で物が買って食べられる時は、わたくしの工面《くめん》の好《い》い時で、大抵《たいてい》は借りたものを返して、又跡《またあと》を借りたのでございます。それがお牢に這入《はい》ってからは、為事をせずに食べさせて戴きます。わたくしはそればかりでも、お上に対して済まない事をいたしているようでなりませぬ。それにお牢を出る時に、此《この》二百文を戴きましたのでございます。こうして相変らずお上の物を食べていて見ますれば、此二百文はわたくしが使わずに持っていることが出来ます。お足《あし》を自分の物にして持っているということは、わたくしに取っては、これが始《はじめ》でございます。島へ往って見ますまでは、どんな為事が出来るかわかりませんが、わたくしは此二百文を島でする為事の本手《もとで》にしようと楽《たの》しんでおります。」こういって、喜助は口を噤《つぐ》んだ。

庄兵衛は「うん、そうかい」とはいったが、聞く事毎《ことごと》に余り意表に出たので、これも暫《しばら》く何もいうことが出来ずに、考え込んで黙っていた。

庄兵衛は彼此《かれこれ》初老に手の届く年になっていて、もう女房に子供を四人生ませている。それに老母が生きているので、家は七人暮しである。平生人には吝嗇《りんしょく》といわれる程の、倹約な生活をしていて、衣類は自分が役目のために著るものの外、寝巻しか拵《こしら》えぬ位にしている。しかし不幸な事には、妻を好い身代の商人の家から迎えた。そこで女房は夫の貰う扶持米《ふちまい》で暮しを立てて行こうとする善意はあるが、裕《ゆたか》な家に可哀がられて育った癖があるので、夫が満足する程手元を引き締めて暮して行くことが出来ない。動《やや》もすれば月末になって勘定が足りなくなる。すると女房が内証で里《さと》から金を持って来て帳尻《ちょうじり》を合わせる。それは夫が借財というものを毛虫のように嫌うからである。そういう事は所詮《しょせん》夫に知れずにはいない。庄兵衛は五節句だといっては、里方から物を貰い、子供の七五三の祝だといっては、里方から子供に衣類を貰うのでさえ、心苦しく思っているのだから、暮しの穴を填《う》めて貰ったのに気が附いては、好い顔はしない。格別平和を破るような事のない羽田の家に、折々波風の起るのは、是《これ》が原因である。

庄兵衛は今喜助の話を聞いて、喜助の身の上をわが身の上に引き比べて見た。喜助は為事《しごと》をして給料を取っても、右から左へ人手に渡して亡《な》くしてしまうといった。いかにも哀《あわれ》な、気の毒な境界《きょうがい》である。しかし一転して我身の上を顧みれば、彼と我との間に、果してどれ程の差があるか。自分も上《かみ》から貰う扶持米《ふちまい》を、右から左へ人手に渡して暮しているに過ぎぬではないか。彼と我との相違は、謂《い》わば十露盤《そろばん》の桁《けた》が違っているだけで、喜助の難有《ありがた》がる二百文に相当する貯蓄だに、こっちはないのである。

さて桁を違えて考えて見れば、鳥目二百文をでも、喜助がそれを貯蓄と見て喜んでいるのに無理はない。其《その》心持はこっちから察して遣《や》ることが出来る。しかしいかに桁を違えて考えて見ても、不思議なのは喜助の慾のないこと、足ることを知っていることである。

喜助は世間で為事を見附けるのに苦《くるし》んだ。それを見附けさえすれば、骨を惜まずに働いて、ようよう口を糊《のり》することの出来るだけで満足した。そこで牢に入ってからは、今まで得難《えがた》かった食が、殆ど天から授けられるように、働かずに得られるのに驚いて、生れてから知らぬ満足を覚えたのである。

庄兵衛はいかに桁を違えて考えて見ても、ここに彼と我との間に、大いなる懸隔のあることを知った。自分の扶持米で立てて行く暮しは、折々足らぬことがあるにしても、大抵出納《すいとう》が合っている。手一ぱいの生活である。然るにそこに満足を覚えたことは殆ど無い。常は幸《さいわい》とも不幸とも感ぜずに過している。しかし心の奥には、こうして暮していて、ふいとお役が御免になったらどうしよう、大病にでもなったらどうしようという疑懼《ぎく》が潜《ひそ》んでいて、折々妻が里方から金を取り出して来て穴填《あなうめ》をしたことなどがわかると、此疑懼が意識の閾《しきい》の上に頭を擡《もた》げて来るのである。

一体此《この》懸隔はどうして生じて来るだろう。只上辺《ただうわべ》だけを見て、それは喜助には身に係累がないのに、こっちにはあるからだといってしまえばそれまでである。しかしそれは嘘である。よしや自分が一人者であったとしても、どうも喜助のような心持にはなられそうにない。この根柢《こんてい》はもっと深い処にあるようだと、庄兵衛は思った。

庄兵衛は只漠然と、人の一生というような事を思って見た。人は身に病《やまい》があると、此《この》病がなかったらと思う。其日其日《そのひ》の食がないと、食って行かれたらと思う。萬一の時に備える蓄《たくわえ》がないと、少しでも蓄があったらと思う。蓄があっても、又其《またその》蓄がもっと多かったらと思う。此《かく》の如《ごと》くに先から先へと考えて見れば、人はどこまで往って踏み止まることが出来るものやら分からない。それを今目の前で踏み止まって見せてくれるのが此《この》喜助だと、庄兵衛は気が附いた。

庄兵衛は今さらのように驚異の目をみはって喜助を見た。此時庄兵衛は空を仰いでいる喜助の頭から毫光《ごうこう》がさすように思った。

庄兵衛は喜助の顔をまもりつつ又、「喜助さん」と呼び掛けた。今度は「さん」といったが、これは十分の意識を以て称呼《しょうこ》を改めたわけではない。其声が我口から出て我耳に入るや否《いな》や、庄兵衛は此称呼の不穏当なのに気が附いたが、今さら既に出た詞《ことば》を取り返すことも出来なかった。

「はい」と答えた喜助も、「さん」と呼ばれたのを不審に思うらしく、おそるおそる庄兵衛の気色《けしき》を覗《うかが》った。

庄兵衛は少し間の悪いのをこらえていった。「色々の事を聞くようだが、お前が今度島へ遣られるのは、人をあやめたからだという事だ。己《おれ》に序《ついで》にそのわけを話して聞せてくれぬか。」

喜助はひどく恐れ入った様子で、「かしこまりました」といって、小声で話し出した。「どうも飛んだ心得違《こころえちがい》で、恐ろしい事をいたしまして、なんとも申し上げようがございませぬ。跡で思って見ますと、どうしてあんな事が出来たかと、自分ながら不思議でなりませぬ。全く夢中でいたしましたのでございます。わたくしは小さい時に二親《ふたおや》が時疫《じえき》で亡くなりまして、弟と二人跡《あと》に残りました。初は丁度《ちょうど》軒下に生れた狗《いぬ》の子にふびんを掛けるように町内の人達がお恵《めぐみ》下さいますので、近所中《きんじょじゅう》の走使《はしりづかい》などをいたして、飢《う》え凍《こご》えもせずに、育ちました。次第に大きくなりまして職を捜しますにも、なるたけ二人が離れないようにいたして、一しょにいて、助け合って働きました。去年の秋の事でございます。わたくしは弟と一しょに、西陣《にしじん》の織場《おりば》に這入《はい》りまして、空引《そらびき》ということをいたすことになりました。そのうち弟が病気で働けなくなったのでございます。其頃《そのころ》わたくし共《ども》は北山《きたやま》の掘立小屋同様の所に寝起をいたして、紙屋川《かみやがわ》の橋を渡って織場へ通っておりましたが、わたくしが暮れてから、食物などを買って帰ると、弟は待ち受けていて、わたくしを一人で稼《かせ》がせては済まない済まないと申しておりました。或る日いつものように何心《なにごころ》なく帰って見ますと、弟は布団の上に突っ伏《つっぷ》していまして、周囲《まわり》は血だらけなのでございます。わたくしはびっくりいたして、手に持っていた竹の皮包や何かを、そこへおっぽり出して、傍《そば》へ往って『どうしたどうした』と申しました。すると弟は真蒼《まっさお》な顔の、両方の頬《ほお》から腮《あご》へ掛けて血に染ったのを挙げて、わたくしを見ましたが、物を言うことが出来ませぬ。息をいたす度に、創口《きずぐち》でひゅうひゅうという音がいたすだけでございます。わたくしにはどうも様子がわかりませんので、『どうしたのだい、血を吐いたのかい』といって、傍《そば》へ寄ろうといたすと、弟は右の手を床《とこ》に衝《つ》いて、少し体《からだ》を起しました。左の手はしっかり腮《あご》の下の所を押えていますが、其《その》指の間から黒血《くろち》の固まりがはみ出しています。弟は目でわたくしの傍へ寄るのを留《と》めるようにして口を利《き》きました。ようよう物がいえるようになったのでございます。『済まない。どうぞ堪忍してくれ。どうせなおりそうにもない病気だから、早く死んで少しでも兄きに楽がさせたいと思ったのだ。笛を切ったら、すぐ死ねるだろうと思ったが息がそこから漏《も》れるだけで死ねない。深く深くと思って、力一ぱい押し込むと、横へすべってしまった。刃は翻《こぼ》れはしなかったようだ。これを旨《うま》く抜いてくれたら己《おれ》は死ねるだろうと思っている。物を言うのがせつなくって可《い》けない。どうぞ手を借して抜いてくれ』というのでございます。弟が左の手を弛《ゆる》めるとそこから又息が漏ります。わたくしはなんといおうにも、声が出ませんので、黙って弟の咽《のど》の創《きず》を覗《のぞ》いて見ますと、なんでも右の手に剃刀《かみそり》を持って、横に笛を切ったが、それでは死に切れなかったので、其儘《そのまま》剃刀を、刳《えぐ》るように深く突っ込んだものと見えます。柄《え》がやっと二寸ばかり創口から出ています。わたくしはそれだけの事を見て、どうしようという思案も附かずに、弟の顔を見ました。弟はじっとわたくしを見詰めています。わたくしはやっとの事で、『待っていてくれ、お医者を呼んで来るから』と申しました。弟は怨《うら》めしそうな目附をいたしましたが、又左の手で喉をしっかり押えて、『医者がなんになる、ああ苦しい、早く抜いてくれ、頼む』というのでございます。わたくしは途方に暮れたような心持になって、只弟の顔ばかり見ております。こんな時は、不思議なもので、目が物を言います。弟の目は『早くしろ、早くしろ』といって、さも怨めしそうにわたくしを見ています。わたくしの頭の中では、なんだかこう車の輪のような物がぐるぐる廻っているようでございましたが、弟の目は恐ろしい催促を罷《や》めません。それに其目の怨めしそうなのが段々険《けわ》しくなって来て、とうとう敵《かたき》の顔をでも睨《にら》むような、憎々しい目になってしまいます。それを見ていて、わたくしはとうとう、これは弟の言った通にして遣らなくてはならないと思いました。わたくしは『しかたがない、抜いて遣るぞ』と申しました。すると弟の目の色がからりと変って、晴やかに、さも嬉《うれ》しそうになりました。わたくしはなんでも一《ひ》と思《おもい》にしなくてはと思って膝を撞《つ》くようにして体を前へ乗り出しました。弟は衝いていた右の手を放して、今まで喉を押えていた手の肘《ひじ》を床に衝いて、横になりました。わたくしは剃刀の柄をしっかり握って、ずっと引きました。此時わたくしの内から締めて置いた表口《おもてぐち》の戸をあけて、近所の婆《ば》あさんが這入って来ました。留守の間、弟に薬を飲ませたり何かしてくれるように、わたくしの頼んで置いた婆あさんなのでございます。もう大ぶ内のなかが暗くなっていましたから、わたくしには婆あさんがどれだけの事を見たのだかわかりませんでしたが、婆あさんはあっといった切、表口をあけ放しにして置いて駆け出してしまいました。わたくしは剃刀を抜く時、手早く抜こう、真直《まっすぐ》に抜こうというだけの用心はいたしましたが、どうも抜いた時の手応《てごたえ》は、今まで切れていなかった所を切ったように思われました。刃が外の方へ向いていましたから、外の方が切れたのでございましょう。わたくしは剃刀を握った儘《まま》、婆あさんの這入って来て又駆け出して行ったのを、ぼんやりして見ておりました。

婆あさんが行ってしまってから、気が附いて弟を見ますと、弟はもう息が切れておりました。創口からは大そうな血が出ておりました。それから年寄衆《としよりしゅう》がお出になって、役場へ連れて行かれますまで、わたくしは剃刀を傍《そば》に置いて、目を半分あいた儘《まま》死んでいる弟の顔を見詰めていたのでございます。」

少し俯《うつむ》向き加減になって庄兵衛の顔を下から見上げて話していた喜助は、こういってしまって視線を膝の上に落した。

喜助の話は好く条理が立っている。殆ど条理が立ち過ぎているといっても好い位である。これは半年程の間、当時の事を幾度も思い浮べて見たのと、役場で問われ、町奉行所で調べられる其度毎《そのたびごと》に、注意に注意を加えて浚《さら》って見させられたのとのためである。

庄兵衛は其場の様子を目のあたり見るような思いをして聞いていたが、これが果して弟殺しというものだろうか、人殺しというものだろうかという疑《うたがい》が、話を半分聞いた時から起って来て、聞いてしまっても、其《その》疑を解くことが出来なかった。弟は剃刀を抜いてくれたら死なれるだろうから、抜いてくれといった。それを抜いて遣って死なせたのだ、殺したのだとはいわれる。しかし其儘《そのまま》にして置いても、どうせ死ななくてはならぬ弟であったらしい。それが早く死にたいといったのは、苦しさに耐えなかったからである。喜助は其苦《く》を見ているに忍びなかった。苦から救って遣ろうと思って命を絶った。それが罪であろうか。殺したのは罪に相違ない。しかしそれが苦から救うためであったと思うと、そこに疑が生じて、どうしても解けぬのである。

庄兵衛の心の中には、いろいろに考えて見た末に、自分より上のものの判断に任す外ないという念、オオトリテエに従う外ないという念が生じた。庄兵衛はお奉行様の判断を、其儘《そのまま》自分の判断にしようと思ったのである。そうは思っても、庄兵衛はまだどこやらに腑《ふ》に落ちぬものが残っているので、なんだかお奉行様に聞いて見たくてならなかった。

次第に更《ふ》けて行く朧夜《おぼろよ》に、沈黙の人二人を載せた高瀬舟は、黒い水の面をすべって行った。

魚玄機

魚玄機《ぎょげんき》が人を殺して獄に下った。風説は忽《たちま》ち長安人士の間に流伝せられて、一人として事の意表に出でたのに驚かぬものはなかった。

唐《とう》の代《よ》には道教が盛であった。それは道士等《どうしら》が王室の李《り》姓であるのを奇貨として、老子を先祖だと言い做《な》し、老君に仕うること宗廟《そうびょう》に仕うるが如《ごと》くならしめたためである。天宝以来西の京の長安には太清宮《たいせいきゅう》があり、東の京の洛陽《らくよう》には太微宮《たいびきゅう》があった。その外《ほか》都会ごとに紫極宮《しきょくきゅう》があって、どこでも日を定めて厳かな祭が行われるのであった。長安には太清宮の下《しも》に許多《いくた》の楼観がある。道教に観があるのは、仏教に寺があるのと同じ事で、寺には僧侶《そうりょ》が居《お》り、観には道士が居る。その観の一つを咸宜観《かんぎかん》といって女道士《じょどうし》魚玄機はそこに住んでいたのである。

玄機は久しく美人を以て聞えていた。趙痩《ちょうそう》といわむよりは、むしろ楊肥《ようひ》というべき女である。それが女道士になっているから、脂粉の顔色をけがすを嫌っていたかというと、そうではない。平生粧《よそおい》を凝《こら》し容《かたち》を治《かざ》っていたのである。獄に下った時は懿宗《いそう》の咸通《かんつう》九年で、玄機は恰《あたか》も二十六歳になっていた。

玄機が長安人士の間に知られていたのは、独り美人として知られていたのみではない。この女は詩を善《よ》くした。詩が唐の代に最も隆盛であったことは言を待たない。隴西《ろうせい》の李白《りはく》、襄陽《じょうよう》の杜甫《とほ》が出て、天下の能事を尽した後に太原《たいげん》の白居易《はくきょい》が踵《つ》いで起って、古今の人情を曲尽《きょくじん》し、長恨歌《ちょうこんか》や琵琶行《びわこう》は戸ごとに誦《そら》んぜられた。白居易の亡くなった宣宗《せんそう》の大中《たいちゅう》元年に、玄機はまだ五歳の女児であったが、ひどく怜悧《れいり》で、白居易は勿論《もちろん》、それと名を斉《ひとし》ゅうしていた元微之《げんびし》の詩をも、多く暗記して、その数は古今体を通じて数十篇に及んでいた。十三歳の時玄機は始て七言絶句を作った。それから十五歳の時には、もう魚家の少女の詩というものが好事者《こうずしゃ》の間に写し伝えられることがあったのである。

そういう美しい女詩人が人を殺して獄に下ったのだから、当時世間の視聴を聳動《しょうどう》したのも無理はない。

魚玄機の生れた家は、長安の大道から横に曲がって行く小さい街にあった。所謂《いわゆる》狭《きょう》邪《しゃ》の地でどの家にも歌女《かじょ》を養っている。魚家もその倡家《しょうか》の一つである。玄機が詩を学びたいと言い出した時、両親が快く諾して、隣街の窮措大《きゅうそだい》を家に招いて、平仄《ひょうそく》や押韻の法を教えさせたのは、他日この子を揺金樹《ようきんじゅ》にしようという願があったからである。

大中十一年の春であった。魚家の妓《ぎ》数人が度々ある旗亭《きてい》から呼ばれた。客は宰相令狐《れいこ》綯《とう》の家の公子で令狐滈《れんこかく》という人である。貴公子仲間の斐誠《ひせい》がいつも一しょに来る。それに今一人の相伴があって、この人は温姓《おんせい》で、令狐や斐に鍾馗《しょうき》々々と呼ばれている。公子二人は美服しているのに、温は独り汚れ垢《あか》ついた衣《きぬ》を着ていて、兎角《とかく》公子等に頤使《いし》せられるので、妓等は初め僮僕《どうぼく》ではないかと思った。然《しか》るに酒酣《たけなわ》に耳熱して来ると、温鍾馗は二公子を白眼に視《み》て、叱咤《しった》怒号する。それから妓に琴を弾かせ、笛を吹かせて歌い出す。かつて聞いたことのない、美しい詞《ことば》を朗かな声で歌うのに、その音調が好く整っていて、しろう人と《と》は思われぬ程である。鍾馗の諢名《あだな》のある于思《うし》旰目《かんもく》の温が、二人の白面郎に侮られるのを見て、嘲謔《ちょうぎゃく》の目標にしていた妓等は、この時温の傍《そば》に一人寄り二人寄って、とうとう温を囲んで傾聴した。この時から妓等は温と親しくなった。温は妓の琴を借りて弾いたり、笛を借りて吹いたりする。吹弾《すいたん》の技も妓等の及ぶ所ではない。

妓等が魚家に帰って、頻《しきり》に温の噂《うわさ》をするので、玄機がそれを聞いて師匠にしている措大に話すと、その男が驚いていった。「温鍾馗というのは、恐らくは太原の温岐《おんき》の事だろう。またの名は庭筠《ていいん》、字《あざな》は飛卿《ひけい》である。挙場にあって八たび手を叉《こまぬ》けば八韻の詩が成るので、温八叉《おんはっしゃ》という諢名もある。鍾馗というのは、容貌《ようぼう》が醜怪だから言うのだ。当今の詩人では李商隠《りしょういん》を除いて、あの人の右に出るものはない。この二人に段成式《だんせいしき》を加えて三名家といっているが、段はやや劣っている」といった。

それを聞いてからは、妓等が令狐の筵会《えんかい》から帰る毎《ごと》に、玄機が温の事を問う。妓等もまた温に逢《あ》う毎に玄機の事を語るようになった。そしてとうとうある日温が魚家に訪ねて来た。美しい少女が詩を作るという話に、好奇心を起したのである。

温と玄機とが対面した。温の目に映じた玄機は将《まさ》に開かむとする牡丹《ぼたん》の花のような少女である。温は貴公子連と遊んではいるが、もう年は四十に達して、鍾馗の名に負《そむ》かぬ容貌をしている。開成の初に妻を迎えて、家には玄機とほとんど同年になる憲という子がいる。玄機は襟《えり》を正して恭《うやうや》しく温を迎えた。初め妓等に接するが如き態度を以て接しようとした温は、覚えず容《かたち》を改めた。さて語を交えて見て、温は直に玄機が尋常の女でないことを知った。何故《なぜ》というに、この花の如き十五歳の少女には、些《ちと》の嬌羞《きょうしゅう》の色もなく、その口吻《こうふん》は男子に似ていたからである。

温はいった。「卿《けい》の詩を善くすることを聞いた。近業があるなら見せて下さい」といった。

玄機は答えた。「児《じ》は不幸にして未《いま》だ良師を得ません。どうして近業の言うに足るものがありましょう。今伯楽《はくらく》の一顧を得て、奔踶《ほんてい》して千里を致すの思があります。願わくは題を課してお試み下さい」といったのである。

温は微笑を禁じ得なかった。この少女が良驥《りょうき》を以て自ら比するのは、いかにもふさわしくないように感じたからである。

玄機は起《た》って筆墨を温の前に置いた。温は卒然「江辺柳《こうへんりゅう》」の三字を書して示した。玄機が暫《しばら》く考えて占出《せんしゅつ》した詩はこうである。

賦得江辺柳《こうへんのりゅうをふしえたり》
翠色連荒岸《すいしょくこうがんにつらなり》
烟姿入遠楼《えんしえんろうにいる》
影鋪秋水面《かげはしゅうすいのおもてにのべ》
花落釣人頭《はなはちょうじんのこうべにおつ》
根老蔵魚窟《ねはおいてぎょくつかくれ》
枝低繋客舟《えだはひくくきゃくしゅうつながる》
蕭々風雨夜《しょうしょうたりふううのよ》
驚夢復添愁《ゆめよりさめてまたうれいをそう》

温は一誦《しょう》して善《よ》しと称した。温はこれまで七たび挙場に入った。そして毎《つね》に堂々たる男子が苦索して一句を成し得ないのを見た。彼輩《かのはい》は皆遠くこの少女に及ばぬのである。

此を始として温は度々魚家を訪ねた。二人の間には詩筒《しとう》の往反《おうへん》織るが如くになった。

温は大中元年に、三十歳で太原《たいげん》から出て、始て進士の試《し》に応じた。自己の詩文は燭《しょく》一寸を燃《も》さぬうちに成ったので、隣席のものが呻吟《しんぎん》するのを見て、これに手を仮《か》して遣《や》った。その後挙場に入る毎に七八人のために詩文を作る。その中には及第するものがある。ただ温のみはいつまでも及第しない。

これに反して場外の名は京師《けいし》に騒いで、大中四年に宰相になった令狐綯も、温を引見して度々筵席に列せしめた。ある日席上で綯が一の故事を問うた。それは荘子《そうし》に出ている事であった。温が直ちに答えたのは好《い》いが、その詞《ことば》は頗《すこぶ》る不謹慎であった。「それは南華に出ております。余り僻書《へきしょ》ではございません。相公《しょうこう》も燮理《しょうり》の暇《いとま》には、時々読書をもなさるが宜《よろ》しゅうございましょう」といったのである。

また宣宗が菩薩蛮《ぼさつばん》の詞を愛するので、綯が填詞《てんし》して上《たてまつ》った。実は温に代作させて口止をして置いたのである。然るに温は酔ってその事を人に漏した。その上かつて「中書堂内坐将軍《ちゅうしょどうないしょうぐんをざせしむ》」といったことがある。綯が無学なのを譏《そし》ったのである。

温の名は遂《つい》に宣宗にも聞えた。それはある時宣宗が一句を得て対を挙人中に求めると、温は宣宗の「金歩揺《きんほよう》」に対するに「玉条脱《ぎょくじょうだつ》」を以てして、帝に激賞せられたのである。然るに宣宗は微行をする癖があって、温の名を識《し》ってから間もなく、旗亭で温に邂逅《かいこう》した。温は帝の顔を識らぬので、暫く語を交えているうちに傲慢《ごうまん》無礼の言をなした。

既にして挙場では、沈詢《ちんじゅん》が知挙になってから、温を別席に居らせて、隣に空席を置くことになった。詩名はいよいよ高く、帝も宰相もその才を愛しながら、その人を鄙《いやし》んだ。趙顓《ちょうせん》の妻になっている温の姉などは、弟のために要路に懇請したが、何の甲斐《かい》もなかった。

温の友に李億《りおく》という素封家があった。年は温より十ばかりも少くて頗《すこぶ》る詞賦《しふ》を解していた。

咸通《かんつう》元年の春であった。久しく襄陽《じょうよう》に往っていた温が長安に還《かえ》ったので、李がその寓《ぐう》居《きょ》を訪ねた。襄陽では、温は刺史徐商《ししじょしょう》の下《もと》で小吏になって、やや久しく勤めていたが、終《つい》に厭倦《えんけん》を生じて罷《や》めたのである。

温の机の上に玄機の詩稿があった。李はそれを見て歎称《たんしょう》した。そしてどんな女かといった。温は三年前から詩を教えている、花の如き少女だと告げた。それを聞くと、李は精《くわ》しく魚家のある街《まち》を問うて、何か思うことありげに、急いで座を起った。

李は温の所を辞して、径《ただ》ちに魚家に往《い》って、玄機を納《い》れて側室にしようといった。玄機の両親は幣《へい》の厚いのに動された。

玄機は出《いで》て李と相見た。今年はもう十八歳になっている。その容貌の美しさは、温の初て逢った時の比ではない。李もまた白皙《はくせき》の美丈夫《びじょうふ》である。李は切に請い、玄機は必ずしも拒まぬので、約束は即時に成就して、数日の後に、李は玄機を城外の林亭《りんてい》に迎え入れた。

この時李は遽《にわか》に発した願が遽にかなったように思った。しかしそこに意外の障礙《しょうがい》が生じた。それは李が身を以て、近《ちかづ》こうとすれば、玄機は回避して、強いて逼《せま》れば号泣するのである。林亭は李が夕《ゆうべ》に望を懐《いだ》いて往き、朝《あした》に興を失って還る処《ところ》となった。

李は玄機が不具ではないかと疑って見た。しかしもしそうなら、初に聘《へい》を卻《しりぞ》けたはずである。李は玄機に嫌われているとも思うことが出来ない。玄機は泣く時に、一旦《いったん》避けた身を李に靠《もた》せ掛けてさも苦痛に堪えぬらしく泣くのである。

李はしばしば催してかつて遂げぬ欲望のために、徒らに精神を銷磨《しょうま》して、行住座臥《こうじゅうざが》の間、恍惚《こうこつ》として失する所あるが如くになった。

李には妻がある。妻は夫の動作が常に異なるのを見て、その去住に意を注いだ。そして僮僕《どうぼく》に啗《くら》わしめて、玄機の林亭にいることを知った。夫妻は反目した。ある日岳父が婿《むこ》の家に来て李を面責し、李は遂に玄機を逐《お》うことを誓った。

李は林亭に往って、玄機に魚家に帰ることを勧めた。しかし魚は聴かなかった。縦令《たとい》二親《ふたおや》は寛仮するにしても、女伴《じょはん》の侮《あなどり》を受けるに堪えないというのである。そこで李は兼《かね》て交っていた道士趙錬師《ちょうれんし》を請待《しょうだい》して、玄機の身の上を託した。玄機が咸宜観に入って女道士になったのは、こうした因縁である。

玄機は才智に長《た》けた女であった。その詩には人に優れた剪裁《せんさい》の工《たくみ》があった。温を師として詩を学ぶことになってからは、一面には典籍の渉猟に努力し、一面には字句の錘錬《ついれん》に苦

心して、ほとんど寝食を忘れる程であった。それと同時に詩名を求める念が漸《ようや》く増長した。李に聘せられる前の事である。ある日玄機は崇真観《しゅうしんかん》に往って、南楼に状元《じょうげん》以下の進士等が名を題したのを見て、慨然として詩を賦《ふ》した。

遊 崇 真 観 南 楼《しゅうしんかんのなんろうにあそび》
観 新 及 第 題 名 処《しんきゅうだいのなをだいせしところをみる》
雲 峯 満 目 放 春 晴《うんぽうまんもくしゅんせいをはなち》
歴 々 銀 鈎 指 下 生《れきれきたるぎんこうかせいをさす》
自 恨 羅 衣 掩 詩 句《みずからうらむらいのしくをおおうを》
挙 頭 空 羨 榜 中 名《こうべをあげてむなしくぼうちゅうのなをうらやむ》

玄機が女子の形骸《けいがい》を以て、男子の心情を有していたことは、この詩を見ても推知することが出来る。しかしその形骸が女子であるから、吉士《きっし》を懐《おも》うの情がないことはない。ただそれは蔓草《つるくさ》が木の幹に纏《まと》い附こうとするような心であって、房帷《ぼうい》の欲ではない。玄機は彼があったから、李の聘に応じたのである。此がなかったから、林亭の夜は索莫《さくばく》であったのである。

既にして玄機は咸宜観に入った。李が別に臨んで、衣食に窮せぬだけの財を餽《おく》ったので、玄機は安んじて観内で暮らすことが出来た。趙が道書を授けると、玄機は喜んでこれを読んだ。この女のためには経《けい》を講じ史を読むのは、家常《かじょう》の茶飯であるから、道家の言が却《かえ》ってその新を趁《お》い奇を求める心を悦《よろこ》ばしめたのである。

当時道家には中気真術というものを行う習《ならい》があった。毎月朔望《さくぼう》の二度、予め三日の斎《ものいみ》をして、所謂《いわゆる》四目四鼻孔云々《うんぬん》の法を修するのである。玄機はのがるべからざる規律の下《もと》にこれを修すること一年余にして忽然《こつぜん》悟入する所があった。玄機は真に女子になって、李の林亭にいた日に知らなかった事を知った。これが咸通二年の春の事である。

玄機は共に修行する女道士中のやや文字ある一人と親しくなって、これと寝食を同じゅうし、これに心胸を披瀝《ひれき》した。この女は名を采蘋《さいひん》といった。ある日玄機が采蘋に書いて遣《や》った詩がある。

贈隣女《りんじょにおくる》
羞日遮羅袖《ひをさけてらしゅうもてさえぎる》
愁春懶起粧《はるをうれいてきしょうするにものうし》
易求無価宝《もとめやすきはあたいなきたから》
難得有心郎《えがたきはこころあるろう》
枕上潜垂涙《ちんじょうひそかになみだをながし》
花間暗断腸《かかんひそかにはらわたをたつ》
自能窺宋玉《みずからよくそうぎょくをうかがう》
何必恨王昌《なんぞかならずしもおうしょうをうらまん》

采蘋は体が小くて軽率であった。それに年が十六で、もう十九になっている玄機よりは少《わか》いので、始終沈重《ちんちょう》な玄機に制馭《せいぎょ》せられていた。そして二人で争うと、いつも采蘋が負けて泣いた。そういう事は日毎にあった。しかし二人は直《ただち》にまた和睦《わぼく》する。女道士仲間では、こういう風に親しくするのを対食と名づけて、傍《かたわら》から揶揄《やゆ》する。それには羨《せん》と妬《と》とも交《まじ》っているのである。

秋になって采蘋は忽《たちまち》失踪《しっそう》した。それは趙の所で塑像を造っていた旅の工人が、暇《いとま》を告げて去ったのと同時であった。前に対食を嘲《あざけ》った女等が、趙に玄機の寂しがっていることを話すと、趙は笑って「蘋也《ひんや》飄蕩《ひょうとう》、蕙也《けいや》幽独《ゆうどく》」といった。玄機は字《あざな》を幼微といい、また蕙蘭《けいらん》ともいったからである。


趙は修法の時に規律を以て束縛するばかりで、楼観の出入などを厳にすることはなかった。玄機の所へは、詩名が次第に高くなったために、書を索《もと》めに来る人が多かった。そういう人は玄機に金を遣ることもある。物を遣ることもある。中には玄機の美しいことを聞いて、名を索書に藉《か》りて訪《と》うものもある。ある士人は酒を携えて来て玄機に飲ませようとすると、玄機は僮僕《どうぼく》を呼んで、その人を門外に逐《お》い出させたそうである。

然るに采蘋が失踪した後、玄機の態度は一変して、やや文字を識る士人が来て詩を乞《こ》い書を求めると、それを留《とど》めて茶を供し、笑語《しょうご》畧《ひかげ》を移すことがある。一たび款待《かんたい》せられたものは、友を誘《いざな》って再び来る。玄機が客《かく》を好むという風聞は、幾《いくばく》もなくして長安人士の間に伝わった。もう酒を載せて尋ねても、逐われる虞《おそれ》はなくなったのである。

これに反して徒《いたずら》に美人の名に誘われて、目に丁字《ていじ》なしという輩《やから》が来ると、玄機は毫《ごう》も仮借せずに、これに侮辱を加えて逐い出してしまう。熟客《じゅっかく》と共に来た無学の貴介子弟《きかいしてい》などは、幸《さいわい》にして謾罵《まんば》を免れることが出来ても、坐客があるいは句を聯《つら》ねあるいは曲を度する間にあって、自《みず》から視《み》て欠然たる処から、独り窃《ひそか》に席を逃れて帰るのである。

客と共に謔浪《ぎゃくろう》した玄機は、客の散じた後に、快々《おうおう》として楽まない。夜が更けても眠らずに、目に涙を湛《たた》えている。そういう夜旅中の温に寄せる詩を作ったことがある。

寄飛卿《ひけいによす》

堦砌乱蛩鳴《かいぜいらんきょうなき》
庭柯烟露清《ていかえんろきよし》
月中隣楽響《げっちゅうりんがくひびき》

楼上遠山明《ろうじょうえんざんあきらかなり》
珍簟涼風到《ちんてんにりょうふういたり》
瑶琴寄恨生《ようきんにきこんうまる》
嵇君懶書札《けいくんしょさつにものうし》
底物慰秋情《なにごとぞしゅうじょうをなぐさめん》

玄機は詩筒を発した後、日夜温の書の来《きた》るのを待った。さて日を経て温の書が来ると、玄機は失望したように見えた。これは温の書の罪ではない。玄機は求むる所のものがあって、自らその何物なるかを知らぬのである。

ある夜玄機は例の如く、燈《ともしび》の下《もと》に眉を蹙《ひそ》めて沈思していたが、漸《ようや》く不安になって席を起ち、あちこち室内を歩いて、机の上の物を取っては、また直《すぐ》に放下しなどしていた。やや久しゅうして後、玄機は紙を展《の》べて詩を書いた。それは楽人陳某《ちんぼう》に寄せる詩であった。陳某は十日ばかり前に、二三人の貴公子と共にただ一度玄機の所に来たのである。体格が雄偉で、面貌《めんぼう》の柔和な少年で、多く語らずに、始終微笑を帯びて玄機の挙止を凝視していた。年は玄機より少《わか》いのである。

感懐寄人《かんかいひとによす》

恨寄朱絃上《うらみをしゅげんのうえによせ》
含情意不任《じょうをふくめどもいまかせず》
早知雲雨会《はやくもしるうんうのかいするを》
未起蕙蘭心《いまだおこさずけいらんのこころ》
灼々桃兼李《しゃくしゃくたるももとすもも》
無妨国士尋《こくしのたずぬるをさまたぐるなし》
蒼々松与桂《そうそうたるまつとかつら》
仍羨世人欽《なおうらやむよのひとのあおぐを》
月色庭階浄《げっしょくていかいにきよく》
歌声竹院深《かせいちくいんにふかし》
門前紅葉地《もんぜんこうようのち》

陳は翌日詩を得て、直《ただち》に咸宜観に来た。玄機は人を屏《しりぞ》けて引見し、僮僕に客を謝することを命じた。玄機の書斎からはただ微《かす》かに低語の声が聞えるのみであった。初夜を過ぎて陳は辞し去った。これからは陳は姓名を通ぜずに玄機の書斎に入ることになり、玄機は陳を迎える度に客を謝することになった。

不掃待知音《はらわずちいんをまつ》

陳の玄機を訪《と》うことが頻《しきり》なので、客は多く卻《しりぞ》けられるようになった。書を索《もと》めるものは、ただ金を贈って書を得るだけで、満足しなくてはならぬことになったのである。

一月ばかり後に、玄機は僮僕に暇《いとま》を遣《や》って、老婢《ろうひ》一人を使うことにした。この醜悪な、いつも不機嫌な媼《おうな》はほとんど人に物を言うこともないので、観内の状況は世間に知られることが少く、玄機と陳とは余り人に煩聒《はんかつ》せられずにいることが出来た。

陳は時々旅行することがある。玄機はそういう時にも客を迎えずに、籠居《ろうきょ》して多く詩を作り、それを温に送って政を乞うた。温はこの詩を受けて読む毎に、語中に閨人《けいじん》の柔《じゅう》情《じょう》が漸く多く、道家の逸思がほとんど無いのを見て、訝《いぶか》しげに首を傾けた。玄機が李の妾《しょう》になって、幾《いく》ばくもなく李と別れ、咸宜観に入って女道士になった顛末《てんまつ》は、悉《ことごと》く李の口から温の耳に入っていたのである。

七年程の月日が無事に立った。その時夢にも想わぬ災害が玄機の身の上に起って来た。

咸通八年の暮に、陳が旅行をした。玄機は跡に残って寂しく時を送った。その頃《ころ》温に寄せた詩の中に、「満《まん》庭《てい》木《のこの》葉《は》愁《しゅう》風《ふう》起《おこり》、透《こう》幌《しゃの》紗《まど》窓《を》惜《とおしつきのしずむをおしむ》月沈」という、例に無い悽惨《せいさん》な句がある。

九年の初春に、まだ陳が帰らぬうちに、老婢が死んだ。親戚《しんせき》の恃《たの》むべきものもない媼は、兼《かね》て棺材まで準備していたので、玄機は送葬の事を計らって遣った。その跡へ緑《りょく》翹《ぎょう》という十八歳の婢が来た。顔は美しくはないが、聡慧《そうけい》で媚態《びたい》があった。

陳が長安に帰って咸宜観に来たのは、艶陽三月の天であった。玄機がこれを迎える情は、渇した人が泉に臨むようであった。暫らくは陳がほとんど虚日のないように来た。

その間に玄機は、度々陳が緑翹を揶揄《やゆ》するのを見た。しかし玄機は初め意に介せなかった。なぜというに、玄機の目中には女子としての緑翹はないといって好《よ》い位であったからである。

玄機は今年二十六歳になっている。眉目《びもく》端正な顔が、迫り視《み》るべからざる程の気高い美しさを具えて、新《あらた》に浴を出た時には、琥珀色《こはくいろ》の光を放っている。豊かな肌は瑕《きず》のない玉のようである。緑翹は額の低い、頤《おとがい》の短い猧子《かし》に似た顔で、手足は粗大である。領《えり》や肘はいつも垢膩《こうじ》に汚《けが》れている。玄機に緑翹を忌む心のなかったのは無理もない。

そのうち三人の関係が少しく紛糾して来た。これまでは玄機の挙措が意に満たぬ時、陳は寡言になったり、または全く口を噤《つぐ》んでいたりしたのに、今は陳がそういう時、多く緑翹と語った。その上そういう時の陳の詞《ことば》は極《きわめ》て温和である。玄機はそれを聞く度に胸を刺されるように感じた。

ある日玄機は女道士仲間に招かれて、某の楼観に往った。書斎を出る時、緑翹にその観の名を教えて置いたのである。さて夕方になって帰ると、緑翹が門《かど》に出迎えていった。

「お留守に陳さんがお出《いで》なさいました。お出になった先を申しましたら、そうかといってお帰なさいました」といった。

玄機は色を変じた。これまで留守の間に陳の来たことは度々あるが、いつも陳は書斎に入って待っていた。それに今日は程近い所にいるのを知っていて、待たずに帰ったという。玄機は陳と緑翹との間に何等かの秘密があるらしく感じたのである。

玄機は黙って書斎に入って、暫く坐《ざ》して沈思していた。猜疑《さいぎ》は次第に深くなり、忿恨《ふんこん》は次第に盛んになった。門に迎えた緑翹の顔に、常に無い侮蔑《ぶべつ》の色が見えたようにも思われて来る。温言を以て緑翹を賺《すか》す陳の声が歴々として耳に響くようにも思われて来る。

そこへ緑翹が燈《ともしび》に火を点じて持って来た。何気なく見える女の顔を、玄機は甚だしく陰険なように看取した。玄機は突然起って扉に鎖《じょう》を下した。そして震《ふる》う声で詰問しはじめた。女はただ「存じません、存じません」といった。玄機にはそれが甚しく狡獪《こうかい》なように感ぜられた。玄機は床の上に跪《ひざまず》いている女を押し倒した。女は慴《おそ》れて目をみはっている。「なぜ白状しないか」と叫んで玄機は女の吭《のど》を扼《やく》した。女はただ手足をもがいている。玄機が手を放して見ると、女は死んでいた。

玄機の緑翹を殺したことは、やや久しく発覚せずにいた。殺した翌日陳の来た時には、玄機は陳が緑翹の事を問うだろうと予期していた。しかし陳は問わなかった。玄機がとうとう「あの緑翹がゆうべからいなくなりましたが」といって陳の顔色を覗《うかが》うと、陳は「そうかい」といっただけで、別に意に介せぬらしく見えた。玄機は前夜のうちに観の背後《うしろ》に土を取った穴のある処へ、緑翹の屍《かばね》を抱いて往って、穴の中へ推し墜《おと》して、上から土を掛けて置いたのである。

玄機は「生ける秘密」のために、数年前から客を謝していた。然るに今は「死せる秘密」のために懼《おそれ》を懐《いだ》いて、もし客を謝したら、緑翹の踪跡《そうせき》を尋ねるものが、観内に目を著《つ》けはすまいかと思った。そこで切《せつ》に会見を求めるものがあると、強いて拒まぬことにした。

初夏の頃に、ある日二三人の客があった。その中の一人が涼を求めて観の背後に出ると、土を取った跡らしい穴の底に新しい土が填《う》まっていて、その上に緑色に光る蠅《はえ》が群がり集まっていた。その人はただなんとなく訝《いぶか》しく思って、深い思慮をも費さずに、これを自己の従者に語った。従者はまたこれを兄に語った。兄は府の衙卒《がそつ》を勤めているものである。この卒は数年前に、陳が払暁に咸宜観から出るのを認めたことがある。そこで奇貨措《お》くべしとなして、玄機を脅《おびやか》して金を獲《え》ようとしたが、玄機は笑って顧みなかった。卒はそれから玄機を怨んでいた。今弟の語《ことば》を聞いて、小婢《しょうひ》の失踪したのと、土穴に腥羶《せいせん》の気があるのとの間に、何等かの関係があるように思った。そして同班の卒数人と共に、鍤《すき》を持って咸宜観に突入して、穴の底を掘った。緑翹の屍は一尺に足らぬ土の下に埋まっていたのである。

京兆《けいちょう》の尹温璋《いんおんしょう》は衙卒の訴に本《もと》づいて魚玄機を逮捕させた。玄機は毫《ごう》も弁疏《べんそ》することなくして罪に服した。楽人陳某は鞫問《きくもん》を受けたが、情を知らざるものとして釈《ゆる》された。

李億を始《はじめ》として、かつて玄機を識っていた朝野の人士は、皆その才を惜んで救おうとした。ただ温岐一人は方城の吏になって、遠く京師《けいし》を離れていたので、玄機がために力を致すことが出来なかった。

京兆の尹は、事が余りにあらわになったので、法を枉《ま》げることが出来なくなった。立秋の頃に至って、遂《つい》に懿宗《いそう》に上奏して、玄機を斬《ざん》に処した。

玄機の刑せられたのを哀むものは多かったが、最も深く心を傷めたものは、方城にいる温岐であった。

玄機が刑せられる二年前に、温は流離して揚州《ようしゅう》に往っていた。揚州は大中十三年に宰相を罷《や》めた令狐綯が刺史《しし》になっている地である。温は綯が自己を知っていながら用いなかったのを怨んで名刺をも出さずにいるうちに、ある夜妓院《ぎいん》に酔って虞侯《ぐこう》に撃たれ、面《おもて》に創《きず》を負い前歯を折られたので、怒ってこれを訴えた。綯が温と虞侯とを対決させると、虞侯は盛んに温の汚行《おこう》を陳述して、自己は無罪と判決せられた。事は京師に聞えた。温は自ら長安に入って、要路に上書して分疏《ぶんそ》した。この時徐商と楊収《ようしゅう》とが宰相に列していて、徐は温を庇護したが楊が聴かずに、温を方城に遣って吏務に服せしめたのである。

その制辞《せいじ》は「孔門以徳行為先《こうもんはとくこうをもってさきとなし》、文章為末《ぶんしょうをすえとなす》、

爾既徳行無取《なんじすでにとくこうのとるなし》、文章何以称焉《ぶんしょうなんぞもってしょうせられんや》、徒負不羈之才《いたずらにふきのさいをおう》、罕有適時之用《てきじのようあることまれなり》」というのであった。温は後に隋県《ずいけん》に遷《うつ》されて死んだ。子の憲も弟の庭皓《ていこう》も、咸通中に官に擢《ぬきん》でられたが、庭皓は龐勛《ほうくん》の乱に、徐州で殺された。玄機が斬られてから三月の後の事である。

参照

其一　魚玄機

三水小牘　南部新書

太平広記　北夢瑣言《ほくむさげん》

続談助　唐才子伝

唐詩紀事　全唐詩（姓名下小伝）

全唐詩話　唐女郎魚玄機詩

其二　温飛卿

旧唐書　漁隠叢話《ぎょいんそうわ》

新唐書　北夢瑣言

全唐詩話　桐薪《どうしん》

唐詩紀事　玉泉子

六一詩話　南部新書

滄浪《そうろう》詩話　握蘭集《あくらんしゅう》

彦周《げんしゅう》詩話　金筌集《きんせんしゅう》

三山老人語録　漢南真稿

雪浪斎《せつろうさい》日記　温飛卿詩集

じいさんばあさん

文化六年の春が暮れて行く頃であった。麻布竜土町《あざぶりゅうどちょう》の、今歩兵第三聯隊《れんたい》の兵営になっている地所の南隣で、三河国奥殿《みかわのくにおくとの》の領主松平左七郎乗羨《のりのぶ》という大名の邸《やしき》の中《うち》に、大工が這入《はい》って小さい明家《あきや》を修復している。近所のものが誰の住まいになるのだといって聞けば、松平の家中の士《さむらい》で、宮重久右衛門《みやしげきゅうえもん》という人が隠居所を拵《こしら》えるのだということである。なる程宮重の家の離座敷といっても好いような明家で、只台所だけが、小さいながらに、別に出来ていたのである。近所のものが、そんなら久右衛門さんが隠居しなさるのだろうかといって聞けば、そうではないそうである。田舎《いなか》にいた久右衛門さんの兄きが出て来て這入るのだということである。

四月五日に、まだ壁が乾き切らぬというのに、果して見知らぬ爺《じ》いさんが小さい荷物を持って、宮重方に著《つ》いて、すぐに隠居所に這入った。久右衛門は胡麻塩頭《ごましおあたま》をしているのに、この爺いさんは髪が真白である。それでも腰などは少しも曲がっていない。結構な拵《こしら》えの両刀を挿《さ》した姿がなかなか立派である。どう見ても田舎者らしくはない。

爺いさんが隠居所に這入ってから二三日立つと、そこへ婆《ば》あさんが一人来て同居した。それも真白な髪を小さい丸髷《まるまげ》に結《い》っていて、爺いさんに負けぬように品格が好い。それまでは久右衛門方の勝手から膳を運んでいたのに、婆あさんが来て、爺いさんと自分との食べる物を、子供がまま事をするような工合に拵えることになった。

この翁媼《おうおん》二人の中の好いことは無類である。近所のものは、若《も》しあれが若い男女であったら、どうも平気で見ていることが出来まいなどといった。中には、あれは夫婦ではあるまい、兄妹《きょうだい》だろうというものもあった。その理由とする所を聞けば、あの二人は隔てのない中《うち》に礼儀があって、夫婦にしては、少し遠慮をし過ぎているようだというのであった。

二人は富裕とは見えない。しかし不自由はせぬらしく、又久右衛門に累を及ぼすような事もないらしい。殊《こと》に婆あさんの方は、跡から大分《だいぶ》荷物が来て、衣類なんぞは立派な物を持っているようである。荷物が来てから間もなく、誰が言い出したか、あの婆あさんは御殿女中をしたものだという噂《うわさ》が、近所に広まった。

二人の生活はいかにも隠居らしい、気楽な生活である。爺いさんは眼鏡を掛けて本を読む。細字で日記を附ける。毎日同じ時刻に刀剣に打粉《うちこ》を打って拭《ふ》く。体を極《たいき》めて木刀を揮《ふ》る。婆あさんは例のまま事の真似をして、その隙《すき》には爺いさんの傍《そば》に来て団扇《うちわ》であおぐ。もう時候がそろそろ暑くなる頃だからである。婆あさんが暫《しばら》くあおぐうちに、爺いさんは読みさした本を置いて話をし出す。二人はさも楽しそうに話すのである。

どうかすると二人で朝早くから出掛けることがある。最初に出て行った跡で、久右衛門の女房が近所のものに話したという詞《ことば》が偶然伝えられた。「あれは菩提所《ぼだいしょ》の松泉寺《しょうせんじ》へ往きなすったのでございます。息子さんが生きていなさると、今年三十九になりなさるのだから、立派な男盛というものでございますのに」といったというのである。松泉寺というのは、今の青山御所《あおやまごしょ》の向裏《むこううら》に当る、赤坂黒鍬谷《くろくわだに》の寺である。これを聞いて近所のものは、二人が出歩くのは、最初のその日に限らず、過ぎ去った昔の夢の迹《あと》を辿《たど》るのであろうと察した。

とかくするうちに夏が過ぎ秋が過ぎた。もう物珍らしげに爺いさん婆あさんの噂をするものもなくなった。所が、もう年が押し詰まって十二月二十八日となって、きのうの大雪の跡の道を、江戸城へ往反《おうへん》する、歳暮拝賀の大小名諸役人織るが如き最中に、宮重の隠居所にいる婆あさんが、今お城から下がったばかりの、邸の主人松平左七郎に広間へ呼び出されて、将軍徳川家斉《いえなり》の命を伝えられた。「永年遠国《えんごく》に罷在《まかりあり》候《そろ》夫《おっと》の為《ため》、貞節を尽《つくし》候《そろ》趣《おもむき》聞召《きこしめ》され、厚き思召《おぼしめし》を以《もっ》て褒美《ほうび》として銀十枚下し置かる」という口上であった。

今年の暮には、西丸にいた大納言家慶《いえよし》と有栖川《ありすがわ》職仁親王《よしひとしんのう》の女楽宮《じょらくみや》との婚儀などがあったので、頂戴物《ちょうだいもの》をする人数《にんず》が例年よりも多かったが、宮重の隠居所の婆あさんに銀十枚を下さったのだけは、異数《いすう》として世間に評判せられた。

これがために宮重の隠居所の翁媼二人は、一時江戸に名高くなった。爺いさんは元大番石川《いしかわ》阿波守《あわのかみ》総恒《ふさつね》組《くみ》美濃部《みのべ》伊織《いおり》といって、宮重久右衛門の実兄である。婆あさんは伊織の妻るんといって、外桜田《そとさくらだ》の黒田家の奥に仕えて表使格《おもてづかいかく》になっていた女中である。るんが褒美を貰った時、夫伊織は七十二歳、るん自身は七十一歳であった。

明和三年に大番頭《おおばんがしら》になった石川阿波守総恒の組に、美濃部伊織という士《さむらい》があった。剣術は儕輩《せいはい》を抜いていて、手跡も好く和歌の嗜《たしなみ》もあった。石川の邸は水道橋外で、今白山《はくさん》から来る電車が、お茶の水を降りて来る電車と行き逢う辺《あたり》の角屋敷《かどやしき》になっていた。しかし伊織は番町《ばんちょう》に住んでいたので、上役とは詰所で落ち合うのみであった。

石川が大番頭になった年の翌年の春、伊織の叔母婿《おばむこ》で、やはり大番を勤めている山中藤右衛門というのが、丁度三十歳になる伊織に妻を世話をした。それは山中の妻の親戚《しんせき》に、戸田淡路守氏之《あわじのかみうじゆき》の家来有竹某《ありたけぼう》というものがあって、その有竹のよめの姉を世話したのである。

なぜ妹が先によめに往《い》って、姉が残っていたかというと、それは姉が邸奉公をしていたからである。素《もと》二人の女は安房国朝夷郡真門村《あわのくにあさいごおりまかどむら》で由緒のある内木四郎右衛門《うちきしろえもん》というものの娘で、姉のるんは宝暦《ほうれき》二年十四歳で、市ヶ谷門外の尾張中納言宗勝《おわりちゅうなごんむねかつ》の奥の軽い召使になった。それから宝暦十一年尾州家《びしゅうけ》では代替《だいがわり》があって、宗睦《むねちか》の世になったが、るんは続いて奉公していて、とうとう明和三年まで十四年間勤めた。その留守に妹は戸田の家来有竹の息子の妻になって、外桜田の邸へ来たのである。

尾州家から下がったるんは二十九歳で、二十四歳になる妹の所へ手助《てだすけ》に入り込んで、なるべくお旗本の中《うち》で相応な家へよめに往きたいといっていた。それを山中が聞いて、伊織に世話をしようというと、有竹では喜んで親元になって嫁入をさせることにした。そこで房州《ぼうしゅう》うまれの内木氏《うじ》のるんは有竹氏を冒《おか》して、外桜田の戸田邸から番町の美濃部方へよめに来たのである。

るんは美人という性《たち》の女ではない。若《も》し床の間の置物のような物を美人としたら、るんは調法に出来た器具のような物であろう。体格が好く、押出しが立派で、それで目から鼻へ抜けるように賢く、いつでもぼんやりして手を明けているということがない。顔も顴骨《かんこつ》が稍《やや》出張っているのが疵《きず》であるが、眉《まゆ》や目の間に才気が溢《あふ》れて見える。伊織は武芸が出来、学問の嗜もあって、色の白い美男である。只この人には肝癪持《かんしゃくもち》という病があるだけである。さて二人が夫婦になったところが、るんはひどく夫を好いて、手に据えるように大切にし、七十八歳になる夫の祖母にも、血を分けたものも及ばぬ程やさしくするので、伊織は好い女房を持ったと思って満足した。それで不断の肝癪は全く迹《あと》を斂《おさ》めて、何事をも勘弁するようになっていた。

翌年は明和五年で伊織の弟宮重はまだ七五郎といっていたが、主家《しゅうけ》のその時の当主松平石見守乗穏《いわみのかみのりやす》が大番頭になったので、自分も同時に大番組に入《い》った。これで伊織、七五郎の兄弟は同じ勤をすることになったのである。

この大番という役には、京都二条の城と大坂の城とに交代して詰めることがある。伊織が妻を娶《めと》ってから四年立って、明和八年に松平石見守が二条在番の事になった。そこで宮重七五郎が上京しなくてはならぬのに病気であった。当時は代人差立《だいにんさしたて》ということが出来たので、伊織が七五郎の代人として石見守に附いて上京することになった。伊織は、丁度妊娠《にんしん》して臨月になっているるんを江戸に残して、明和八年四月に京都へ立った。

伊織は京都でその年の夏を無事に勤めたが、秋風の立ち初《そ》める頃、或る日寺町通の刀剣商の店で、質流れだという好い古刀を見出した。兼《かね》て好《い》い刀が一腰《こし》欲しいと心掛けていたので、それを買いたく思ったが、代金百五十両というのが、伊織の身に取っては容易ならぬ大金であった。

伊織は万一の時の用心に、いつも百両の金を胴巻に入れて体に附けていた。それを出すのは惜しくはない。しかし跡五十両の才覚が出来ない。そこで百五十両は高くはないと思いながら、商人にいろいろ説いて、とうとう百三十両までに負けて貰うことにして、買い取る約束をした。三十両は借財をする積《つもり》なのである。

伊織が金を借りた人は相番《あいばん》の下島《しもじま》甚右衛門というものである。平生親しくはせぬが、工面《くめん》の好いということを聞いていた。そこでこの下島に三十両借りて刀を手に入れ、拵えを直しに遣《や》った。

そのうち刀が出来て来たので、伊織はひどく嬉しく思って、あたかも好し八月十五夜に、親しい友達柳原小兵衛等二三人を招いて、刀の披露《ひろう》旁《かたがた》馳走《ちそう》をした。友達は皆刀を褒《ほ》めた。酒酣《たけなわ》になった頃、ふと下島がその席へ来合せた。めったに来ぬ人なので、伊織は金の催促に来たのではないかと、先《ま》ず不快に思った。しかし金を借りた義理があるので、杯《さかずき》をさして団欒《まとい》に入れた。

暫《しばら》く話をしているうちに、下島の詞《ことば》に何となく角があるのに、一同気が附いた。下島は金の催促に来たのではないが、自分の用立てた金で買った刀の披露をするのに自分を招かぬのを不平に思って、わざと酒宴の最中に尋ねて来たのである。

下島は二言三言《ふたことみこと》伊織と言い合っているうちに、とうとうこういう事を言った。「刀は御奉公のために大切な品だから、随分借財をして買っても好かろう。しかしそれに結構な拵をするのは贅沢《ぜいたく》だ。その上借財のある身分で刀の披露をしたり、月見をしたりするのは不心得だ」といった。

この詞の意味よりも、下島の冷笑を帯びた語気が、いかにも聞き苦しかったので、俯《うつ》向《む》いて聞いていた伊織は勿論《もちろん》、一座の友達が皆不快に思った。

伊織は顔を挙げていった。「只今のお詞は確に承った。その御返事はいずれ恩借の金子《きんす》を持参した上で、改《あらため》て申上げる。親しい間柄といいながら、今晩わざわざ請待した客の手前がある。どうぞこの席はこれでお立下されい」といった。

下島は面色《かおいろ》が変った。「そうか。返れというなら返る。」こう言い放って立ちしなに、下島は自分の前に据えてあった膳を蹴返《けかえ》した。

「これは」といって、伊織は傍《はた》にあった刀を取って立った。伊織の面色はこの時変っていた。

伊織と下島とが向き合って立って、二人が目と目を見合わせた時、下島が一言「たわけ」と叫んだ。その声と共に、伊織の手に白刃《しらは》が閃《ひらめ》いて、下島は額を一刀《とう》切られた。

下島は切られながら刀を抜いたが、伊織に刃向うかと思うと、そうでなく、白刃を提《ひっさ》げたまま、身を翻《ひるがえ》して玄関へ逃げた。

伊織が続いて出ると、脇差を抜いた下島の仲間《ちゅうげん》が立ち塞《ふさ》がった。「退《の》け」と叫んだ伊織の横に払った刀に仲間は腕を切られて後へ引いた。

その隙《ひま》に下島との間に距離が生じたので、伊織が一飛《ひととび》に追い縋《すが》ろうとした時、跡から附いて来た柳原小兵衛が、「逃げるなら逃がせい」といいつつ、背後《うしろ》からしっかり抱き締めた。相手が死なずに済んだなら、伊織の罪が軽減せられるだろうと思ったからである。

伊織は刀を柳原にわたして、しおしおと座に返った。そして黙って俯向いた。

柳原は伊織の向いにすわっていった。「今晩の事は己《おれ》を始、一同が見ていた。いかにも勘弁出来ぬといえばそれまでだ。しかし先へ刀を抜いた所存を、一応聞いて置きたい」といった。

伊織は目に涙を浮べて暫く答えずにいたが、口を開いて一首の歌を誦《じゅ》した。

「いまさらに何《なに》とかいはむ黒髪《くろかみ》の
みだれ心はもとすゑ《え》もなし」

下島は額の創《きず》が存外重くて、二三日立って死んだ。伊織は江戸へ護送せられて取調を受けた。判決は「心得違の廉《かど》を以て、知行《ちぎょう》召放され、有馬左兵衛佐允純《ありまさひょうえのすけまさずみ》へ永《なが》の御預仰付らる」ということであった。伊織が幸橋外《さいわいばしそと》の有馬邸から、越前国《えちぜんのくに》丸岡へ遣られたのは、安永と改元せられた翌年の八月である。

跡に残った美濃部家の家族は、それぞれ親類が引き取った。伊織の祖母貞松院《ていしょういん》は宮重七五郎方に往き、父の顔を見ることの出来なかった嫡子平内《へいない》と、妻るんとは有竹の分家になっている笠原新八郎方に往った。

二年程立って、貞松院が寂しがってよめの所へ一しょになったが、間もなく八十三歳で、病気という程の容体《ようだい》もなく死んだ。安永三年八月二十九日の事である。

翌年又五歳になる平内が流行の疱瘡《ほうそう》で死んだ。これは安永四年三月二十八日の事である。

るんは祖母をも息子をも、力の限《かぎり》介抱して臨終を見届け、松泉寺に葬った。そこでるんは一生武家奉公をしようと思い立って、世話になっている笠原を始、親類に奉公先を捜すことを頼んだ。

暫く立つと、有竹氏の主家《しゅうけ》戸田淡路守氏養《うじやす》の隣邸、筑前国《ちくぜんのくに》福岡の領主黒田家の当主松平筑前守治之《はるゆき》の奥で、物馴れた女中を欲しがっているという噂が聞えた。笠原は人を頼んで、そこへるんを目見《めみ》えに遣った。氏養というのは、六年前に氏之の跡を続《つ》いだ戸田家の当主である。

黒田家ではるんを一目見て、すぐに雇い入れた。これが安永六年の春であった。るんはこれから文化五年七月まで、三十一年間黒田家に勤めていて、治之《はるゆき》、治高《はるたか》、斉隆《なりたか》、斉清《なりきよ》の四代の奥方に仕え、表使格《おもてづかいかく》に進められ、隠居して終身二人扶持《にんふち》を貰うことになった。この間るんは給料の中《うち》から松泉寺へ金を納めて、美濃部家の墓に香華《こうげ》を絶やさなかった。

隠居を許された時、るんは一旦笠原方へ引き取ったが、間もなく故郷の安房へ帰った。当時の朝夷郡真門村で、今の安房郡江見村《えみむら》である。

その翌年の文化六年に、越前国丸岡の配所で、安永元年から三十七年間、人に手跡や剣術を教えて暮していた夫伊織が、「三月八日浚明院殿御追善《しゅんめいいんでんごついぜん》の為、御慈悲の思召を以て、永《なが》の御預御免仰出《おあずけごめんおおせいだ》され」て、江戸へ帰ることになった。それを聞いたるんは、喜んで安房から江戸へ来て、竜土町の家で、三十七年振に再会したのである。

寒山拾得《かんざんじっとく》

唐《とう》の貞観《じょうがん》のころだというから、西洋は七世紀の初め日本は年号というもののやっと出来かかったときである。閭丘胤《りょきゅういん》という官吏がいたそうである。もっともそんな人はいなかったらしいと言う人もある。なぜかと言うと、閭は台州の主簿になっていたと言い伝えられているのに、新旧の唐書に伝が見えない。主簿といえば、刺史《しし》とか太守とかいうと同じ官である。支那全国が道に分れ、道が州または郡に分れ、それが県に分れ、県の下に郷があり郷の下に里がある。州には刺史といい、郡には太守という。一体日本で県より小さいものに郡の名をつけているのは不都合だと、吉田東伍さんなんぞは不服を唱えている。閭がはたして台州の主簿であったとすると日本の府県知事くらいの官吏である。そうしてみると、唐書の列伝に出ているはずだというのである。しかし閭がいなくては話が成り立たぬから、ともかくもいたことにしておくのである。

さて閭が台州に着任してから三日目になった。長安で北支那の土埃《つちほこり》をかぶって、濁った水を飲んでいた男が台州に来て中央支那の肥えた土を踏み、澄んだ水を飲むことになったので、上機嫌である。それにこの三日の間に、多人数の下役が来て謁見《えっけん》をする。受持ち受持ちの事務を形式的に報告する。そのあわただしい中に、地方長官の威勢の大きいことを味わって、意気揚々としているのである。

閭は前日に下役のものに言っておいて、今朝は早く起きて、天台県の国清寺をさして出かけることにした。これは長安にいたときから、台州に着いたら早速往こうときめていたのである。

何の用事があって国清寺へ往くかというと、それには因縁がある。閭が長安で主簿の任命を受けて、これから任地へ旅立とうとしたとき、あいにくこらえられぬほどの頭痛が起った。単純なレウマチス性の頭痛ではあったが、閭は平生から少し神経質であったので、かかりつけの医者の薬を飲んでもなかなかなおらない。これでは旅立ちの日を延ばさなくてはなるまいかと言って、女房と相談していると、そこへ小女が来て、「只今《ただいま》ご門の前へ乞食坊主《こじきぼうず》がまいりまして、ご主人にお目にかかりたいと申しますがいかがいたしましょう」と言った。

「ふん、坊主か」と言って閭はしばらく考えたが、「とにかく逢ってみるから、ここへ通せ」と言いつけた。そして女房を奥へ引っ込ませた。

元来閭は科挙に応ずるために、経書《けいしょ》を読んで、五言の詩を作ることを習ったばかりで、仏典を読んだこともなく、老子を研究したこともない。しかし僧侶や道士というものに対しては、なぜということもなく尊敬の念を持っている。自分の会得《えとく》せぬものに対する、盲目の尊敬とでも言おうか。そこで坊主と聞いて逢おうと言ったのである。

まもなくはいって来たのは、一人の背の高い僧であった。垢《あか》つき弊《やぶ》れた法衣《ほうえ》を着て、長く伸びた髪を、眉の上で切っている。目にかぶさってうるさくなるまで打ちやっておいたものと見える。手には鉄鉢《てっぱつ》を持っている。

僧は黙って立っているので閭が問うてみた。「わたしに逢いたいと言われたそうだが、なんのご用かな」

僧は言った。「あなたは台州へおいでなさることにおなりなすったそうでございますね。それに頭痛に悩んでおいでなさると申すことでございます。わたくしはそれを直して進ぜようと思って参りました」

「いかにも言われる通りで、その頭痛のために出立の日を延ばそうかと思っていますが、どうして直してくれられるつもりか。何か薬方でもご存じか」

「いや。四大の身を悩ます病は幻でございます。ただ清浄な水がこの受糧器に一ぱいあればよろしい。呪《まじない》で直して進ぜます」

「はあ呪をなさるのか」こう言って少し考えたが「仔細あるまい、一つまじなって下さい」と言った。これは医道のことなどは平生深く考えてもおらぬので、どういう治療ならさせる、どういう治療ならさせぬという定見がないから、ただ自分の悟性に依頼して、その折り折りに判断するのであった。もちろんそういう人だから、かかりつけの医者というのもよく人選をしたわけではなかった。素問《そもん》や霊枢《れいすう》でも読むような医者を捜してきめていたのではなく、近所に住んでいて呼ぶのに面倒のない医者にかかっていたのだから、ろくな薬は飲ませてもらうことが出来なかったのである。今乞食坊主に頼む気になったのは、なんとなくえらそうに見える坊主の態度に信を起したのと、水一ぱいでする呪なら間違ったところで危険なこともあるまいと思ったのとのためである。ちょうど東京で高等官連中が紅療治《べにりょうじ》や気合術に依頼するのと同じことである。

闇は小女を呼んで、汲みたての水を鉢《はち》に入れて来いと命じた。水が来た。僧はそれを受け取って、胸に捧げて、じっと闇を見つめた。清浄な水でもよければ、不潔な水でもいい、湯でも茶でもいいのである。不潔な水でなかったのは、闇がためには勿怪《もっけ》の幸いであった。しばらく見つめているうちに、闇は覚えず精神を僧の捧げている水に集注した。

このとき僧は鉄鉢の水を口にふくんで、突然ふっと闇の頭に吹きかけた。

闇はびっくりして、背中に冷や汗が出た。

「お頭痛は」と僧が問うた。

「あ。癒《なお》りました」実際闇はこれまで頭痛がする、頭痛がすると気にしていて、どうしても癒らせずにいた頭痛を、坊主の水に気を取られて、取り逃がしてしまったのである。

僧はしずかに鉢に残った水を床に傾けた。そして「そんならこれでお暇《いとま》をいたします」と言うや否や、くるりと闇に背中を向けて、戸口の方へ歩き出した。

「まあ、ちょっと」と闇が呼び留めた。

僧は振り返った。「何かご用で」

「寸志のお礼がいたしたいのですが」

「いや。わたくしは群生《ぐんしょう》を福利し、憍慢《きょうまん》を折伏《しゃくぶく》するために、乞食《こつじき》はいたしますが、療治代はいただきませぬ」

「なるほど。それでは強《し》いては申しますまい。あなたはどちらのお方か、それを伺っておきたいのですが」

「これまでおったところでございますか。それは天台の国清寺で」

「はあ。天台におられたのですな。お名は」

「豊干《ぶかん》と申します」

「天台国清寺の豊干とおっしゃる」閭はしっかりおぼえておこうと努力するように、眉をひそめた。「わたしもこれから台州へ往くものであってみれば、ことさらお懐かしい。ついでだから伺いたいが、台州には逢いに往ってためになるような、えらい人はおられませんかな」

「さようでございます。国清寺に拾得《じっとく》と申すものがおります。実は普賢《ふげん》でございます。それから寺の西の方に、寒巌という石窟《せきくつ》があって、そこに寒山《かんざん》と申すものがおります。実は文殊《もんじゅ》でございます。さようならお暇《いとま》をいたします」こう言ってしまって、ついと出て行った。

こういう因縁があるので、閭は天台の国清寺をさして出かけるのである。

全体世の中の人の、道とか宗教とかいうものに対する態度に三通りある。自分の職業に気を取られて、ただ営々役々《えきえき》と年月を送っている人は、道というものを顧みない。これは読書人でも同じことである。もちろん書を読んで深く考えたら、道に到達せずにはいられまい。しかしそうまで考えないでも、日々の務めだけは弁じて行かれよう。これは全く無頓着《むとんじゃく》な人である。

つぎに着意して道を求める人がある。専念に道を求めて、万事をなげうつこともあれば、日々の務めは怠らずに、たえず道に志していることもある。儒学に入っても、道教に入っても、仏法に入っても基督教《クリスト》に入っても同じことである。こういう人が深くはいり込むと日々の務めがすなわち道そのものになってしまう。つづめて言えばこれは皆道を求める人である。

この無頓着な人と、道を求める人との中間に、道というものの存在を客観的に認めていて、それに対して全く無頓着だというわけでもなく、さればと言ってみずから進んで道を求めるでもなく、自分をば道に疎遠な人だと諦念《あきら》め、別に道に親密な人がいるように思って、それを尊敬する人がある。尊敬はどの種類の人にもあるが、単に同じ対象を尊敬する場合を顧慮して言ってみると、道を求める人なら遅れているものが進んでいるものを尊敬することになり、ここに言う中間人物なら、自分のわからぬもの、会得することの出来ぬものを尊敬することになる。そこに盲目の尊敬が生ずる。盲目の尊敬では、たまたまそれをさし向ける対象が正鵠《せいこく》を得ていても、なんにもならぬのである。

閭は衣服を改め輿《よ》に乗って、台州の官舎を出た。従者が数十人ある。

時は冬の初めで、霜が少し降っている。椒江《しょうこう》の支流で、始豊渓《しほうけい》という川の左岸を迂回しつつ北へ進んで行く。初め陰《くも》っていた空がようよう晴れて、蒼白《あおじろ》い日が岸の紅葉《もみじ》を照している。路《みち》で出合う老幼は、皆輿《よ》を避けてひざまずく。輿の中では閭がひどくいい心持ちになっている。牧民の職にいて賢者を礼するというのが、手柄のように思われて、閭に満足を与えるのである。

台州から天台県までは六十里半ほどである。日本の六里半ほどである。ゆるゆる輿を舁《か》かせて来たので、県から役人の迎えに出たのに逢ったとき、もう午《ひる》を過ぎていた。知県の官舎で休んで、馳走《ちそう》になりつつ聞いてみると、ここから国清寺までは、爪尖上《つまさきあ》がりの道がまた六十里ある。往き着くまでには夜に入りそうである。そこで閭は知県の官舎に泊ることにした。

翌朝知県に送られて出た。きょうもきのうに変らぬ天気である。一体天台一万八千丈とは、いつ誰が測量したにしても、所詮高過ぎるようだが、とにかく虎のいる山である。道はなかなかきのうのようには捗《はかど》らない。途中で午飯《ひるめし》を食って、日が西に傾きかかったころ、国清寺の三門に着いた。智者大師の滅後に、隋《ずい》の煬帝《ようだい》が立てたという寺である。

寺でも主簿のご参詣だというので、おろそかにはしない。道翹《どうぎょう》という僧が出迎えて、閭を客間に案内した。さて茶菓の饗応が済むと、閭が問うた。「当寺に豊干という僧がおられましたか」

道翹が答えた。「豊干とおっしゃいますか。それはさきころまで、本堂の背後《うしろ》の僧院におられましたが、行脚《あんぎゃ》に出られたきり、帰られませぬ」

「当寺ではどういうことをしておられましたか」

「さようでございます。僧どもの食べる米を舂《つ》いておられました」

「はあ。そして何かほかの僧たちと変ったことはなかったのですか」

「いえ。それがございましたので、初めただ骨惜しみをしない、親切な同宿だと存じていました豊干さんを、わたくしどもが大切にいたすようになりました。するとある日ふいと出て行ってしまわれました」

「それはどういうことがあったのですか」

「全く不思議なことでございました。ある日山から虎に騎《の》って帰って参られたのでございます。そしてそのまま廊下へはいって、虎の背で詩を吟じて歩かれました。一体詩を吟ずることの好きな人で、裏の僧院でも、夜になると詩を吟ぜられました」

「はあ。活きた阿羅漢《あらかん》ですな。その僧院の址《あと》はどうなっていますか」

「只今もあき家になっておりますが、折り折り夜になると、虎が参って吼《ほ》えております」

「そんならご苦労ながら、そこへご案内を願いましょう」こう言って、閭は座を起った。

道翹は蛛《くも》の網《い》を払いつつ先に立って、閭を豊干のいたあき家に連れて行った。日がもう暮れかかったので、薄暗い屋内を見廻すに、がらんとして何一つない。道翹は身をかがめて石畳の上の虎の足跡を指さした。たまたま山風が窓の外を吹いて通って、うずたかい庭の落ち葉を捲き上げた。その音が寂寞《せきばく》を破ってざわざわと鳴ると、閭は髪の毛の根を締めつけられるように感じて、全身の肌に粟《あわ》を生じた。

閭は忙《せわ》しげにあき家を出た。そしてあとからついて来る道翹に言った。「拾得《じっとく》という僧はまだ当寺におられますか」

道翹は不審らしく閭の顔を見た。「よくご存じでございます。先刻あちらの厨《くりや》で、寒山と申すものと火に当っておりましたから、ご用がおありなさるなら、呼び寄せましょうか」

「ははあ。寒山も来ておられますか。それは願ってもないことです。どうぞご苦労ついでに厨にご案内を願いましょう」

「承知いたしました」と言って、道翹は本堂について西へ歩いて行く。

閭が背後《うしろ》から問うた。「拾得さんはいつごろから当寺におられますか」

「もうよほど久しいことでございます。あれは豊干さんが松林の中から拾って帰られた捨て子でございます」

「はあ。そして当寺では何をしておられますか」

「拾われて参ってから三年ほど立ちましたとき、食堂《じきどう》で上座の像に香を上げたり、燈明を上げたり、そのほか供《そな》えものをさせたりいたしましたそうでございます。そのうちある日上座の像に食事を供えておいて、自分が向き合って一しょに食べているのを見つけられましたそうでございます。賓頭盧尊者《びんずるそんじゃ》の像がどれだけ尊いものか存ぜずにいたしたことと見えます。唯今《ただいま》では厨で僧どもの食器を洗わせております」

「はあ」と言って、閭は二足三足歩いてから問うた。「それから唯今寒山とおっしゃったが、それはどういう方ですか」

「寒山でございますか。これは当寺から西の方の寒巌と申す石窟に住んでおりますものでございます。拾得が食器を滌《あら》いますとき、残っている飯や菜を竹の筒に入れて取っておきますと、寒山はそれをもらいに参るのでございます」

「なるほど」と言って、閭はついて行く。心のうちでは、そんなことをしている寒山、拾得が文殊《もんじゅ》、普賢《ふげん》なら、虎に騎《の》った豊干はなんだろうなどと、田舎者が芝居を見て、どの役がどの俳優かと思い惑うときのような気分になっているのである。

「はなはだむさくるしい所で」と言いつつ、道翹は閭を厨のうちに連れ込んだ。

ここは湯気が一ぱい籠《こ》もっていて、にわかにはいって見ると、しかと物を見定めることも出来ぬくらいである。その灰色の中に大きい竈《かまど》が三つあって、どれにも残った薪《まき》が真赤に燃えている。しばらく立ち止まって見ているうちに、石の壁に沿うて造りつけてある卓《つくえ》の上で大勢の僧が飯や菜や汁を鍋釜《なべかま》から移しているのが見えて来た。

このとき道翹が奥の方へ向いて、「おい、拾得」と呼びかけた。

閭がその視線をたどって、入口から一番遠い竈の前を見ると、そこに二人の僧のうずくまって火に当っているのが見えた。

一人は髪の二三寸伸びた頭を剃《む》き出して、足には草履をはいている。今一人は木の皮で編んだ帽をかぶって、足には木履《ぼくり》をはいている。どちらも痩《や》せてみすぼらしい小男で、豊干のような大男ではない。

道翹が呼びかけたとき、頭を剃き出した方は振り向いてにやりと笑ったが、返事はしなかった。これが拾得だと見える。帽をかぶった方は身動きもしない。これが寒山なのであろう。

閭はこう見当をつけて二人のそばへ進み寄った。そして袖を掻《か》き合わせてうようやしく礼をして、「朝儀大夫、使持節、台州の主簿、上柱国、賜緋魚袋《しひぎょたい》、閭丘胤《きゅういん》と申すものでございます」と名のった。

二人は同時に閭を一目見た。それから二人で顔を見合わせて腹の底からこみ上げて来るような笑い声を出したかと思うと、一しょに立ち上がって、厨を駆け出して逃げた。逃げしなに寒山が「豊干がしゃべったな」と言ったのが聞えた。

驚いてあとを見送っている閭が周囲には、飯や菜や汁を盛っていた僧らが、ぞろぞろと来てたかった。道翹は真蒼《まっさお》な顔をして立ちすくんでいた。

堺事件

明治元年戊辰《ぼしん》の歳《とし》正月、徳川慶喜《よしのぶ》の軍が伏見、鳥羽に敗れて、大阪城をも守ることが出来ず、海路を江戸へ遁《のが》れた跡で、大阪、兵庫、堺の諸役人は職を棄てて潜《ひそ》み匿《かく》れ、これ等の都会は一時無政府の状況に陥った。そこで大阪は薩摩《さつま》、兵庫は長門《ながと》、堺は土佐の三藩が、朝命によって取り締ることになった。堺へは二月の初に先ず土佐の六番歩兵隊が這入《はい》り、次いで八番歩兵隊が繰り込んだ。陣所になったのは糸屋町の与力《よりき》屋敷、同心屋敷である。そのうち土佐藩は堺の民政をも預けられたので、大目附杉紀平太、目附生《い》駒《こま》静次等が入り込んで大通櫛屋町《くしやまち》の元総会所に、軍監府を置いた。軍監府では河内《かわち》、大和《やまと》辺から、旧幕府の役人の隠れていたのを、七十三人捜し出して、先例によって事務を取り扱わせた。市中は間もなく秩序を恢復《かいふく》して、一旦鎖《とざ》された芝居の木戸も、又開かれるようになった。

二月十五日の事である。フランスの兵が大阪から堺へ来るということを、町年寄が聞き出して軍監府へ訴え出た。横浜に碇泊《ていはく》していた外国軍艦十六艘《そう》が、摂津の天保山沖《てんぽうざんおき》へ来て投錨《とうびょう》した中に、イギリス、アメリカと共に、フランスのもあったのである。杉は六番、八番の両隊長を呼び出して、大和橋へ出張することを命じた。フランスの兵が若《も》し官許を得て通るのなら、前以て外国事務係前宇和島藩主伊達伊予守宗城《だていよのかみむねき》から通知がある筈であるに、それが無い。よしや通知が間に合わぬにしても、内地を旅行するには免状を持っていなくてはならない。持っていないなら、通すには及ばない。杉は生駒と共に二隊の兵を随《したが》えて大和橋を扼《やく》して待っていた。そこへフランスの兵が来掛かった。その連れて来た通弁に免状の有無を問わせると、持っていない。フランスの兵は小人数なので、土佐の兵に往手《ゆくて》を遮《さえぎ》られて、大阪へ引き返した。

同じ日の暮方になって、大和橋から帰っていた歩兵隊の陣所へ、町人が駆け込んで、港からフランスの水兵が上陸したと訴えた。フランスの軍艦は港から一里ばかりの沖に来て、二十艘の端艇《はしけ》に水兵を載せて上陸させたのである。両歩兵の隊長が出張の用意をさせていると、軍監府から出張の命令が届いた。すぐに出張して見ると、水兵は別にこれという廉立《かどだ》った暴行をしてはいない。しかし神社仏閣《ぶっかく》に不遠慮に立ち入る。人家に上がり込む。女子を捉《とら》えて揶揄《からか》う。開港場でない堺の町人は、外国人に慣れぬので、驚き懼《おそ》れて逃げ迷い、戸を閉じて家に籠るものが多い。両隊長は諭《さと》して舟へ返そうと思ったが通弁がいない。手真似で帰れといっても、一人も聴かない。そこで隊長が陣所へ引き立てていと命じた。兵卒が手近にいた水兵を捉えて縄を掛けようとした。水兵は波止場をさして逃げ出した。中の一人が、町家の戸口に立て掛けてあった隊旗を奪って駆けて往った。

両隊長は兵卒を率いて追い掛けた。脚《あし》の長い、駆歩《かけあし》に慣れたフランス人にはなかなか及ばない。水兵はもう端艇に乗り移ろうとする。この頃土佐の歩兵隊には鳶《とび》の者が附いていて、市中の廻番をするにも、それを四五人ずつ連れて行くことにしてあった。隊旗を持つのもこの鳶の者の役で、その中に旗持梅吉という鳶頭がいた。江戸で火事があって出掛けるのに、早足の馬の跡を一間とは後《おく》れぬという駆歩の達者である。この梅吉が隊の士卒を駆け抜けて、隊旗を奪って行く水兵に追い縋《すが》った。手に持った鳶口は風を切ってかの水兵の脳天に打ち卸《おろ》された。水兵は一声叫んで仰向に倒れた。梅吉は隊旗を取り返した。

これを見て端艇に待っていた水兵が、突然短銃で一斉射撃をした。

両隊長が咄嗟《とっさ》の間に決心して「撃て」と号令した。待ち兼ねていた兵卒は七十余挺《ちょう》の銃口を並べ、上陸兵を収容している端艇を目当に発射した。六人ばかりの水兵はばらばらと倒れた。負傷して水に落ちたものもある。負傷せぬものも急に水中に飛び込んで、皆片手を端艇の舷《ふなばた》に掛けて足で波を蹴《けっ》て端艇を操りながら、弾丸《たま》が来れば沈んで避け、又浮き上がって汐を吐いた。端艇は次第に遠くなった。フランス水兵の死者は総数十三人で、内一人が下士であった。

そこへ杉が駆け付けた。そして射撃を止めて陣所へ帰れと命じた。両隊が陣所へ引き上げていると、隊長二人を軍監府から呼びに来た。なぜ上司の命令を待たずに射撃したかと杉に問われて、両隊長は火急の場合で命令を待つことが出来なかったと弁明した。勿論《もちろん》端艇から先ず射撃したので、これに応戦したのではあるが、土佐の士卒は初からフランス人に対して悪感情を懐《いだ》いていた。それは土佐人が松山藩を討つために錦旗を賜わって、それを本国へ護送する途中、神戸でフランス人がその一行を遮《さえぎ》り留め、朝廷と幕府との和親を謀《はか》るためだと通弁に云わせ、錦旗を奪おうとしたという話が伝わっていたからである。

杉は両隊長に言った。とにかくこうなった上は是非がない。軍艦の襲撃があるかも知れぬから、防戦の準備をせいといった。そして報告のために生駒を外国事務係へ、下横目一人を京都の藩邸へ発足《ほっそく》させた。

両隊長は僅《わず》か二小隊の兵を以て軍艦を防げといわれて当惑したが、海岸へは斥候《せっこう》を出し、台場へは両隊から数人ずつ交代して守備に往くことにした。そこへこの土地に這入った時収容して遣《や》った幕府の敗兵が数十人来ていった。

「若しフランスの軍艦が来るようなら、どうぞわたくし共をお使下さい。砲台には徳川家の時に据《す》え付けた大砲が三十六門あって、今岸和田藩主岡部筑前守長寛《ちくぜんのかみながひろ》殿の預りになっています。わたくし共はあれで防ぎます。あなた方は上陸して来る奴を撃って下さい」といった。

両隊長はその人達を砲台へ遣った。そのうち岸和田藩からも砲台へ兵を出して、望遠鏡で兵庫方面を見張っていてくれた。

　夜に入って港口へフランスの端艇が来たという知らせがあった。しかしその端艇は五六艘で、皆上陸せずに帰った。水兵の死体を捜索したのだろう。実際幾つか死体を捜し得て、載せて帰ったらしいというものもあった。

　十六日の払暁に、外国事務係の沙汰《さた》で、土佐藩は堺表《さかいおもて》取締を免ぜられ、兵隊を引き払うことになった。軍監府はそれを取り次いで、両隊長に大阪蔵屋敷へ引き上げることを命じた。両隊長はすぐに支度して堺を立った。住吉街道を経て、大阪御池通《みいけどおり》六丁目の土佐藩なかし商の家に着いたのは、未《ひつじ》の刻頃であった。

　堺の軍監府から外国事務係へ報告に往った生駒静次は、口上を一通《ひととおり》聞き取られただけである。次いで外国事務係は堺にある軍監又は隊長の内一名出頭するようにと達した。杉が出頭した。すると大阪の土佐藩邸にいる石川石之助の出した堺事件の届書を返して、更に精《くわ》しく書き替えて出せということである。杉は一応引き取って、両隊長署名の届書を出し、この上御訊問《ごじんもん》の筋があるなら、本人に出頭させようと言い添えた。

十七日には、前日評議の末、京都の土佐藩邸から、家老山内隼人《はいと》、大目附林亀吉、目附谷兎毛《ともう》、下横目数人と長尾太郎兵衛の率いた京都詰の部隊とが大阪へ派遣せられた。この一行は夜に入って大阪に着いて、すぐに林が命令して、杉、生駒と両歩兵隊長とを長堀の土佐藩邸に徙《うつ》らせた。

十八日には、長尾太郎兵衛を以て、両歩兵隊長に勤事控を命じ、配下一同の出門を禁ぜられた。両隊長はこの事件の責を自分達二人で負って、自分達の命令を奉じて働いた配下に煩累《はんるい》を及ぼしたくないと、長尾に申し出た。両隊の兵卒一同は小頭《こがしら》池上弥三吉《やさきち》、大石甚吉を以て、両隊長に勤事控の見舞を言わせた。両隊長は長尾に申し出た趣意を配下に諭《さと》した。

そのうち京都から土佐藩の歩兵三小隊が到着して、長堀の藩邸を警固して厳重に人の出入を誰何《すいか》することになった。

次いで前土佐藩主山内土佐守豊信《とよしげ》の名代として、家老深尾鼎《かなえ》が大目附小南五郎右衛門と共に到着した。これは大阪に碇泊《ていはく》しているフランス軍艦Venus《ヴェニュス》号から、公使Leon《レオン》

Roche《ロッシュ》が外国事務係へ損害要償の交渉をしたためである。公使の要求は直ちに朝議の容《い》るるところとなった。土佐藩主が自らヴェニュス号に出向いて謝罪することが一つ。堺で土佐藩の隊を指揮した士官二人、フランス人を殺害《せつがい》した隊の兵卒二十人を、交渉文書が京都に着いた後三日以内に、右の殺害を加えた土地に於《お》いて死刑に処することが二つ。殺害せられたフランス人の家族の扶助《ふじょ》料として、土佐藩主が十五万弗《どる》を支払うことが三つである。この処置のためには、藩主は自ら大阪に来べきであったが病気のため家老を名代として派遣したのである。

深尾に附いて来た下横目は六番、八番両歩兵隊の士卒七十三人を、一人ずつ呼び出して堺で射撃したか、射撃しなかったかと訊問した。この訊問が殆《ほとん》ど士卒の勇怯《ゆうきょう》を試みると同じ事になったのは、人の弱点の然らしむるところで、実に已《や》むことを得ない。射撃したと答えたものが二十九人ある。六番隊では隊長箕浦猪之吉《みのうらいのきち》、小頭池上弥三吉、兵卒杉本広五郎、勝賀瀬三六《しょうがせさんろく》、山本哲助、森本茂吉、北代健助《きただい》、稲田貫之丞《かんのじょう》、柳瀬常七、橋詰愛平《はしづめあいへい》、岡崎栄兵衛、川谷《かわたに》銀太郎、岡崎多四郎、水野万之助、岸田勘平、門田鷹太郎《たかたろう》、楠瀬《くすせ》保次郎、八番隊では隊長西村左平次、小頭大石甚吉、兵卒竹内民五郎、横田辰五郎、土居徳太郎［土居八之助、垣内《かきうち》徳太郎］、金田時治、武内弥三郎、栄田《さかえだ》次右衛門、中城惇《じゅん》五郎《ごろう》、横田静次郎、田丸勇六郎である。射撃しなかったと答えたものは六番隊の兵卒で浜田友太郎以下二十人、八番隊の兵卒で永野峰吉以下二十一人、計四十一人である。

十九日になって射撃しなかったと答えたものは、夜に入って御池六丁目の商家へ移され、用意が出来次第帰国させると言い渡された。これに反して射撃したと答えたものは銃器弾薬を返上して、預けの名目の下《もと》に、前に大阪に派遣せられた砲兵隊の監視を受けることになり、六番隊は従前の通長堀の本邸に、八番隊は西邸《にしやしき》に入れられた。

二十日には射撃しなかったと答えたものが、長堀藩邸の前から舟に乗った。後にこの人達は丸亀を経て、北山道を土佐に帰り着いた。そして数日間遠足留《えんそくどめ》を命ぜられていたが、後には平常の通心得べしということになった。射撃したと答えたものの所へは、砲隊組兵卒に下横目が附いて来て、佩刀《はいとう》を取り上げた。この人達の耳にも、死刑になるという話がもう聞えたので、中には手を束《つか》ねて刃《やいば》を受けるよりは、寧《むし》ろフランス軍艦に切り込んで死のうといったものがある。これは八番隊の土居八之助が無謀だといって留めた。それから一同刺し違えて死のうといったものがある。丁度そこへ佩刀を取り上げに来たので、今死なずにしまったら、もう死ぬことが出来まいと、中の数人は手を下そうとさえした。やはり八番隊の竹内民五郎がそれを留めて、思う旨があるから、指図通にするが好いといいながら「我荷物の中に短刀二本あり」と、畳に指で書いて見せた。一同遂に佩刀を渡してしまった。

二十二日に、大目附小南が来て、六番、八番両隊の兵卒一同に、御隠居様から仰せ渡されることがあるから、すぐに大広間に出るようにと達した。御隠居様とは山内豊信が家督を土佐守豊範《とよのり》に譲って容堂と名告《なの》った時からの称呼である。隊長、小頭の四人を除いて、二十五人が大広間に居並んだ。そこへ小南以下の役人が出て席に着いた。それから正面の金襖《きんぶすま》を開くと、深尾が出た。一同平伏した。

深尾はいった。

「これは御隠居様がお直《じき》に仰せ渡される筈《はず》であるが、御所労のため拙者が御名代として申し渡す。この度《たび》の堺事件に付、フランス人が朝廷へ逼《せま》り申すにより、下手人二十人差し出すよう仰せ付けられた。御隠居様に於いては甚だ御心痛あらせられる。いずれも穏に性命を差し上げるようとの仰せである」言い畢《おわ》って、深尾は起って内に這入った。

次に小南が藩主豊範の命を伝えた。

「この度差し出す二十人には、誰を取り誰を除いて好いか分からぬ。一同稲荷社《いなりしゃ》に詣《まい》って神を拝し、籤引《くじびき》によって生死《しょうし》を定めるが好い。白籤に当ったものは差し除かれる。上裁を受ける籤に当ったものは死刑に処せられる。これから神前へ参れ」というのである。

二十五人は御殿から下って稲荷社に往った。社壇の鈴の下に、小南が籤を持って坐る。右手には目附が一人控える。階前には下横目が二人名簿を持って立つ。社壇の前数十歩の所には、京都から来た砲兵隊と歩兵隊とが整列している。小南が指図すると、下横目が名簿を開いて、二十五人の姓名を一人ずつ読む。そこで一人ずつ出て籤を引いて、披《ひら》いて見て、それを下横目に渡す。下横目が点検する。この時参詣《さんけい》に来合せたものは、初《はじめ》何事かと怪《あやし》み、ようよう籤引の意味を知って、皆ひどく感動し、中には泣いているものもある。

上裁を受ける籤を引いたものは、六番隊で杉本、勝賀瀬、山本、森本、北代、稲田、柳瀬、橋詰、岡崎栄兵衛、川谷の十人、八番隊で竹内、横田辰五郎、土居、垣内《かきうち》、金田、武内の六人、計十六人で、これに隊長、小頭各二人を加えると、二十人になる。白籤を引いたものは六番隊で岡崎多四郎以下五人、八番隊で栄田次右衛門以下四人である。

籤引が済んで一同御殿に引き取ると、白籤組の内、八番隊の栄田次右衛門以下四人、即《すなわ》ち栄田、中城、横田静次郎、田丸が連署の願書を書いて出した。自分等は籤引によって生死の二組に分れたが、初より同腹一心の者だから、一同上裁を受ける籤に当ったと同様の処置を仰せ付けられたいというのである。願書は人数が定まっているからというので、そのまま却下せられた。

所謂《いわゆる》上裁籤の組十六人は箕浦、西村両隊長、池上、大石両小頭と共に、引き纏《まと》めて本邸に留め置かれることになった。白籤組はすぐに隊籍を除かれて、土佐藩兵隊中に預けられ、別室に置かれた。数日の後に、白籤組には堺表より船牢《ふねろう》を以て国元へ差し下すという沙汰があって、下横目が附いて帰国し、各親類預けになったが、間もなく以後別儀なく申し付けると達せられた。

夜に入って上裁籤の組は、皆国元の父母兄弟その他親戚《しんせき》故旧に当てた遺書を作って、髻《もとどり》を切ってそれに巻き籠め、下横目に差し出した。

そこへ藩邸を警固している五小隊の士官が、酒肴《しゅこう》を持たせて暇乞《いとまごい》に来た。隊長、小頭、兵卒十六人とは、別々に馳走《ちそう》になった。十六人は皆酔い臥《ふ》してしまった。

中に八番隊の土居八之助が一人酒を控えていたが、一同鼾《いびき》をかき出したのを見て、忽《たちま》ち大声で叫んだ。

「こら。大切な日があすじゃぞ。皆どうして死なせて貰《もら》う積じゃ。打首になっても好いのか」

誰やら一人腹立たしげに答えた。

「黙っておれ。大切な日があすじゃから寐《ね》る」

この男はまだ詞《ことば》の切れぬうちに、又鼾をかき出した。

土居は六番隊の杉本の肩を掴《つか》まえて揺り起した。

「こら。どいつも分からんでも、君には分かるだろう。あすはどうして死ぬる。打首になっても好いのか」

杉本は跳《は》ね起きた。

「うん。好く気が附いた。大切な事じゃ。皆を起して遣ろう」

二人は一同を呼び起した。どうしても起きぬものは、肩を掴まえてこづき廻した。一同目を醒《さ》まして二人の意見を聞いた。誰一人成程と承服せぬものはない。死ぬるのは構わぬ。それは兵卒になって国を立った日から覚悟している。しかし恥辱《ちじょく》を受けて死んではならぬ。そこで是非切腹させて貰おうということに、衆議一決した。

十六人は袴《はかま》を穿《は》き、羽織を着た。そして取次役の詰所へ出掛けて、急用があるから、奉行衆《ぶぎょうしゅう》に御面会を申し入れて貰いたいといった。

取次役は奥の間へ出入して相談する様子であったが、暫《しばら》くして答えた。

「折角の申出ではあるが、それは相成らぬ。おのおのはお構《かまい》の身分じゃ。夜中に推参して、奉行衆に逢いたいというのは宜しくない」というのである。十六人はおこった。

「それは怪《け》しからん。お構の身とは何事じゃ。我々は皇国のために明日一命を棄てる者共じゃ。取次をせぬなら、頼まぬ。そこを退け。我々はじきに通る」

一同は畳を蹴立《けた》てて奥の間へ進もうとした。

奥の間から声がした。

「いずれも暫く控えておれ。重役が面会する」というのである。

襖《ふすま》をあけて出たのは、小南、林と下横目数人とである。

一同礼をした上で、竹内が発言した。

「我々は朝命を重んじて一命を差し上げるものでございます。しかし堺表に於いて致した事は、上官の命令を奉じて致しました。あれを犯罪とは認めませせぬ。就いては死刑という名目《みょうもく》には承服が出来兼ねます。果して死刑に相違ないなら、死刑に処せられる罪名が承りとうございます」

聞いているうちに、小南の額には皺《しわ》が寄って来た。小南は士居の詞の畢《おわ》るのを待って、一同を睨《にら》み付けた。

「黙れ。罪科のないものを、なんでお上で死刑に処せられるものか。隊長が非理の指揮をしてお前方は非理の挙動に及んだのじゃ」

竹内は少しも屈しない。

「いや。それは大目付のお詞とも覚えませぬ。兵卒が隊長の命令に依って働らくには、理も非理もござりませぬ。隊長が撃てと号令せられたから、我々は撃ちました。命令のある度に、一人一人理非を考えたら、戦争は出来ますまい」

竹内の背後《うしろ》から一人二人膝《ひざ》を進めたものがある。

「堺での我々の挙動には、功はあって罪はないと、一同確信しております。どういう罪に当るという思召か。今少し委曲《いきょく》に御示下さい」

「我々も領解《りょうかい》いたし兼ねます」

「我々も」

一同の気色《けしき》は凄《すさま》じくなって来た。

小南は色を和《やわら》げた。

「いや。先の詞は失言であった。一応評議した上で返事をいたすから、暫く控えておれ」

こういって起って、奥に這入った。

一同奥の間を睨んで待っていたが、小南はなかなか出て来ない。

「どうしたのだろう」

「油断するな」

こんなささやきが座中に聞える。

良暫《やや》くして小南が又出た。そして頗《すこぶ》る荘重な態度でいった。

「只今のおのおのの申条《もうしじょう》を御名代に申し上げた。それに就いて御沙汰があるから承れ。抑々《そもそも》この度の事件では、お上御両所共非常な御心痛である。太守様は御不例の所を、押して長髪のまま大阪へお越になり、直ちにフランス軍艦へ御挨拶にお出になって、そのまま御帰国なされた。君辱《はずか》しめらるれば臣死すとも申すではないか。おのおの御沙汰を承った上で、仰せ付けられた通、穏かに振舞ったら宜しかろう。これから御沙汰じゃ。

この度堺表の事件に就いては、外国との交際を御一新あらせられる折柄、公法に拠って御処置あらせられる次第である。即ち明日堺表に於て切腹仰せ付けられる。いずれも皇国のためを存じ、難有くお受いたせ。又歴々のお役人、外国公使も臨場せられる事であるから、皇国の士気を顕《あらわ》すよう覚悟いたせ」

小南は沙汰書を取り出して見ながら、こう演説した。太守様といったのは、当主土佐守豊範を斥《さ》したのである。

十六人は互に顔を見合せて、微笑を禁じ得なかった。竹内は一同に代って答えた。

「恩命難有くお受いたします。それに就いて今一箇条お願申し上げたい事がございます。これは手順を以て下横目へ申し立つべき筋ではございますが、御重役御出席中の事ゆえ、今生《こんじょう》の思出にお直《じき》に申し上げます。只今の御沙汰によれば、お上に置かせられても、我々の微衷《びちゅう》をお酌取《くみとり》下されたものと存じます。然らば我々一同には今後士分のお取扱いがあるよう、遺言同様の儀なれば、是非共お聞済下さるようにお願いいたします」

小南は暫く考えていった。

「切腹を仰せ付けられたからは、一応尤《もっと》もな申分のように存ずる。詮議《せんぎ》の上で沙汰いたすから、暫時《ざんじ》控えておれ」

こういって再び座を起った。

又良暫くしてから、今度は下横目が出ていった。

「出格の御詮議を以て、一同士分のお取扱いを仰せ付けられる。依って絹服一重《けんぷくひとかさね》ずつ下し置かれる」

こう言って目録を渡した。

一同目録を受け取って下がりしなに、隊長、小頭の所に今夜の首尾を届けに立ち寄った。隊長等も警固隊の士官に馳走せられて快よく酔って寝ていたが、配下の者共が打ち揃《そろ》って来たので、すぐに起きて面会した。十六人は隊長、小頭と引き分けられてから、今夜まで一度も逢う機会がなかったが、大目付との対談の甲斐があって、切腹を許され、士分に取り立てられ、今は誰も行住動作に喙《くちばし》を容れるものがないので、公然立ち寄ることが出来たのである。

隊長、小頭は配下一同の話を聞いて、喜びかつ悲んだ。悲んだのは、四人が自分達の死を覚悟していながら、二十人の死をフランス公使に要求せられたということを聞《きか》せられずにいたので、十六人の運命を始めて知って悲んだのである。喜んだのは、十六人が切腹を許され、士分に取り立てられたのを喜んだのである。隊長、小頭の四人と配下の十六人とは、まだ夜の明けるに間があるから、一寐入《ひとねいり》して起きようというので、快よく別れて寝床に這入《はい》った。

二十三日は晴天であった。堺へ往く二十人の護送を命ぜられた細川越中守慶順《えっちゅうのかみよしゆき》の熊本藩、浅野安芸守茂長《あきのかみしげなが》の広島藩から、歩兵三百余人が派遣せられて、未明に長堀土佐藩邸の門前に到着した。邸内では二十人に酒肴《しゅこう》を賜わった。両隊長、小頭は大抵新調した衣袴《いこ》を着け、爾余《じよ》の十六人は前夜頂戴した絹服を纏った。佩刀は邸内では渡されない。切腹の場所で渡される筈である。

一同が藩邸の玄関から高足駄《たかあしだ》を踏み鳴らして出ると、細川、浅野両家で用意させた駕籠《かご》二十挺を舁《か》き据えた。一礼してそれに乗り移る。行列係が行列を組み立てる。先手《さきて》は両藩の下役人数人で、次に兵卒数人が続く。次は細川藩の留守居馬場彦右衛門、同藩の隊長山川亀太郎、浅野藩の重役渡辺競《きそう》の三人である。陣笠小袴《こばかま》で馬に跨《またが》り、持鑓《もちやり》を竪《た》てさせている。次に兵卒数人が行く。次に大砲二門を挽《ひ》かせて行く。次が二十挺の駕籠である。駕籠一挺毎に、装剣の銃を持った六人の兵が附く。二十挺の前後は、同じく装剣の銃を持った兵が百二十人で囲んでいる。後押《あとおさえ》は銃を負った騎兵二騎である。次に両藩の高張提灯《たかはりぢょうちん》各十挺が行く。次に両藩士卒百数十人が行く。以上の行列の背後に少し距離を取って、土佐藩の重臣始め数百人が続く。長径凡《およ》そ五丁である。

長堀を出発して暫く進んでから、山川亀太郎が駕籠に就いて一人々々に挨拶して、箕浦の駕籠に戻ってからこういった。

「狭い駕籠で、定めて窮屈でありましょう。その上長途の事ゆえ、簾《すだれ》を垂れたままでは、鬱陶《うっとう》しく思われるでありましょう。簾を捲かせましょうか」といった。

「御厚意忝《かたじけの》う存じます。差構《さしかまい》ない事なら、さよう願いましょう」と、箕浦が答えた。

そこで駕籠の簾は総て捲き上げられた。

又暫く進むと、山川が一人々々の駕籠に就いて、

「茶菓の用意をしていますから、お望の方に差し上げたい」といった。

両藩の二十人に対する取扱は、万事非常に鄭重《ていちょう》なものである。

住吉新慶町《しんけいまち》辺に来ると、兼《かね》て六番、八番の両隊が舎営していたことがあるので、路傍に待ち受けて別《わかれ》を惜むものがある。堺の町に入れば、道の両側に人山《ひとやま》を築いて、その中から往々欷歔《すすりなき》の声が聞える。群集を離れて駕籠に駆け寄って、警固の兵卒に叱られるものもある。

切腹の場所と定められたのは妙国寺《みょうこくじ》である。山門には菊御紋の幕を張り、寺内には総て細川、浅野両家の紋を染めた幕を引き繞《めぐ》らし、切腹の場所は山内家の紋を染めた幕で囲んである。門内に張った天幕の内には、新しい筵《むしろ》が敷き詰めてある。

行列が妙国寺門前に着くと、駕籠を門内天幕の中に舁き入れて、筵の上に立て並べた。次いで両藩士が案内して、駕籠は内庭へ舁き入れられ、本堂の縁に横付にせられた。

二十人は駕籠を出て、本堂に居並んだ。座の周囲《まわり》には、両藩の士卒が数百人詰めてい

て、二十人の中一人が座を起てば、四人が取り巻いて行く。二十人は皆平常のように談笑して、時刻の来るのを待っていた。

この時両藩の士の中に筆紙墨《ひっしぼく》を用意していたものがある。それが二十人の首席にいる箕浦の前に来て、後日の記念に何か一筆願いたいといった。

元六番歩兵隊長箕浦猪之吉は、源姓《みなもとせい》、名は元章《げんしょう》、仙山《せんざん》と号している。土佐国土佐郡潮江《うしおえ》村に住んで五人扶持、十五石を受ける扈従格《こじゅうかく》の家に、弘化元年十一月十一日に生れた。当年二十五歳である。祖父忠平、父を万次郎という。母は依田氏、名は梅である。安政四年に江戸に遊学し、万延元年には江戸で容堂侯の侍読になり、同じ年に帰国して文館の助教に任ぜられた。次いで容堂侯の扈従を勤めて、七八年経過し、馬廻格《うままわりかく》に進んだ。それが藩の歩兵小隊司令を命ぜられたのは、慶応三年十一月で、僅《わず》か三箇月勤めているうちに、堺の事件が起った。そういう履歴の人だから、箕浦は詩歌の嗜《たしみ》もあり、書は草書を立派に書いた。

文房具を前に置かれた時、箕浦は、

「甚だ見苦しゅうはございまするが」と挨拶して、腹稾《ふっこう》の七絶を書いた。

「除却妖氛答国恩《ようふんをじょきゃくしこくおんにこたう》。決然豈可省人言《けつぜんあにじんげんをせいすべけんや》。唯教大義伝千載《ただたいぎをしてせんざいにつたえしむ》。一死元来不足論《いっしがんらいろんずるにたらず》。」攘夷はまだこの男の本領であったのである。

二十人が暫《しばら》く待っていると、細川藩士がまだなかなか時刻が来そうにないといった。そこで寺内を見物しようということになった。庭へ出て見ると、寺の内外は非常な雑沓《ざっとう》である。堺の市中は勿論、大阪、住吉、河内在等から見物人が入り込んで、いかに制しても立ち去らない。鐘撞堂《かねつきどう》には寺の僧侶が数人登って、この群集を見ている。八番隊の垣内がそれに目を着けて、つと堂の上に登って、僧侶に言った。

「坊様達、少し退《の》いて下されい。拙者は今日切腹して相果てる一人じゃ。我々の中間《なかま》には辞世の詩歌などを作るものもあるが、さような巧者な事は拙者には出来ぬ。就いてはこの世の暇乞に、その大鐘を撞いて見たい。どりゃ」といいさま腕まくりをして撞木《しゅもく》を掴んだ。僧侶は驚いて左右から取り縋《すが》った。

「まあまあ、お待ち下さりませ。この混雑の中で鐘が鳴ってはどんな騒動になろうも知れません。どうぞそれだけは御免下さりませ」

「いや、国家のために忠死する武士の記念じゃ。留めるな」

垣内と僧侶とは揉《も》み合っている。それを見て垣内の所へ、中間の二三人が駆け附けた。

「大切な事を目前に控えていながら、それは余り大人気ない。鐘を鳴らして人を驚かしてなんになる。好く考えて見給え」といって留めた。

「そうか。つい興に乗じて無益の争をした。罷《や》める罷める」と垣内はいって、撞木から手を引いた。垣内を留めた中間の一人が懐《ふところ》を探って、

「ここに少し金がある、もはや用のない物じゃ、死んだ跡にお世話になるお前様方に献じましょう」といって、僧侶に金をわたした。垣内と僧侶との争論を聞き付けて、次第に集って来た中間が、

「ここにもある」

「ここにも」といいながら、持っていただけの金銭を出して、皆僧侶の前に置いた。中

には、

「拙者は冥福《みょうふく》を願うのではないが」と、条件を附けて置くものもあった。僧侶は金を受けて鐘撞堂を下った。

人々は鐘撞堂を降りて、

「さあ、これから切腹の場所を拝見して置こうか」と、幔幕《まんまく》で囲んだ中へ這入り掛けた。細川藩の番士が、

「それはお越《こし》にならぬ方が宜しゅうございましょう」といって留めた。

「いや、御心配御無用、決して御迷惑は掛けません」と言い放って、一同幕の中に這入った。

場所は本堂の前の広庭である。山内家の紋を染めた幕を引き廻した中に、四本の竹竿《たけざお》を竪《た》てて、上に苫《とま》が葺《ふ》いてある。地面には荒筵《あらむしろ》二枚の上に、新しい畳二枚を裏がえしに敷き、それを白木綿で覆《おお》い、更に毛氈《もうせん》一枚を襲《かさ》ねてある。傍に毛氈が畳んだままに積み上げてあるのは、一人々々取り替えるためであろう。入口の側に卓《つくえ》があって、大小が幾

組も載せてある。近づいて見れば、長堀の邸《やしき》で取り上げられた大小である。

人々は切腹の場所を出て、序《ついで》に宝珠院《ほうじゅいん》の墓穴も見て置こうと、揃って出掛けた。ここには二列に穴が掘ってある。穴の前には高さ六尺余の大瓶《おおがめ》が並べてある。しかもそれには一々名が書いて貼《は》ってある。それを読んで行くうちに、横田が土居に言った。

「君と僕とは生前にも寝食を倶《とも》にしていたが、見れば瓶《かめ》も並べてある。死んでからも隣同士話が出来そうじゃ」といった。

土居は忽ち身を跳《おど》らせて瓶の中に這入って叫んだ。

「横田君々々々。なかなか好い工合じゃ」

竹内がいった。

「気の早い男じゃ。そう急がんでも、じきに人が入れてくれる。早く出て来い」

土居は瓶から出ようとするが、這入る時とは違って、瓶の縁は高し、内面はすべるので、なかなか出られない。横田と竹内とで、瓶を横に倒して土居を出した。

二十人は本堂に帰った。そこには細川、浅野両藩で用意した酒肴《しゅこう》が置き並べてある。給仕には町から手伝人が数十人来ている。一同挨拶して杯を挙げた。前に箕浦に詩を貰った人を羨《うらや》んで、両藩の士卒が争って詩歌を求め、或は記念として身に附いた品を所望する。人々はかわるがわる筆を把《と》った。又記念に遣る物がないので、襟《えり》や袖《そで》を切り取った。

切腹はいよいよ午《うま》の刻からと定められた。

幕の内へは先ず介錯《かいしゃく》人《にん》が詰めた。これは前晩大阪長堀の藩邸で、警固の士卒が二十人のものに馳走をした時、各相談して取り極《き》めたのである。介錯人の姓名は、元六番隊の方で箕浦のが馬淵《まぶち》〔馬場〕桃太郎、池上のが北川礼平、杉本のが池七助、勝賀瀬のが吉村材吉、山本のが森常馬、森本のが野口喜久馬、北代のが武市助吾、稲田のが江原源之助、柳瀬のが近藤茂之助、橋詰のが山田安之助、岡崎のが土方要五郎、川谷のが竹本謙之助、元八番隊の方で、西村のが小坂乾、大石のが落合源六、竹内のが楠瀬柳平、横田のが松田八平次、土居のが池七助、垣内のが公文左平、金田のが谷川新次、武内のが北森貫之助である。中で池七助は杉本と土居との二人を介錯する筈である。いずれも刀の下緒《さげお》を襷《たすき》にして、切腹の座の背後《うしろ》に控えた。

幕の外には別に駕籠が二十挺据えてある。これは死骸を載せて宝珠院に運ぶためである。埋葬の前に、死骸は駕籠から大瓶に移されることになっている。

臨検の席には外国事務総裁山階宮《やましなのみや》を始として、外国事務係伊達少将、同東久世少将、細川、浅野両藩の重役等が、南から北へ向いて床几《しょうぎ》に掛かる。土佐藩の深尾は北から東南に向いてすわる。大目附小南以下目附等は西北から東に向いて並ぶ。フランス公使は銃を持った兵卒二十余人を随《したが》えて、正面の西から東に向いてすわる。その他薩摩、長門、因幡《いなば》、備前《びぜん》等の諸藩からも役人が列席している。

用意の整ったことを、細川、浅野の藩士が二十人のものに告げる。二十人のものは本堂の縁から駕籠に乗り移る。駕籠の両側には途中と同じ護衛が附く。駕籠は幕の外に立てられる。呼出の役人が名簿を繰り開いて、今首席のものの名を読み上げようとする。

この時天が俄《にわか》に曇って、大雨が降って来た。寺の内外に満ちていた人民は騒ぎ立って、檐下《のきした》木蔭に走り寄ろうとする。非常な雑沓である。

切腹は一時見合せとなって、総裁宮始、一同屋内に雨を避けた。雨は未《ひつじ》の刻に歇《や》んだ。再度の用意は申《さる》の刻に整った。

呼出の役人が「箕浦猪之吉」と読み上げた。寺の内外は水を打ったように鎮《しずま》った。箕浦は黒羅紗《くろらしゃ》の羽織に小袴《こばかま》を着して、切腹の座に着いた。介錯人馬場は三尺隔てて背後に立った。総裁宮以下の諸官に一礼した箕浦は、世話役の出す白木の四方を引き寄せて、短刀を右手《めて》に取った。忽ち雷のような声が響き渡った。

「フランス人共聴け。己《おれ》は汝等《うぬら》のためには死なぬ。皇国のために死ぬる。日本男子の切腹を好く見て置け」といったのである。

箕浦は衣服をくつろげ、短刀を逆手《さかて》に取って、左の脇腹へ深く突き立て、三寸切り下げ、右へ引き廻して、又三寸切り上げた。刃が深く入ったので、創口《きずぐち》は広く開いた。箕浦は短刀を棄てて、右手を創に挿し込んで、大網《だいもう》を掴んで引き出しつつ、フランス人を睨《にら》み付けた。

馬場が刀を抜いて項《うなじ》を一刀切ったが、浅かった。

「馬場君。どうした。静かに遣れ」と、箕浦が叫んだ。

馬場の二の太刀は頸椎《けいつい》を断って、かっと音がした。

箕浦は又大声を放って、

「まだ死なんぞ、もっと切れ」と叫んだ。この声は今までより大きく、三丁位響いたのである。

初から箕浦の挙動を見ていたフランス公使は、次第に驚駭《きょうがい》と畏怖《いふ》とに襲われた。そして座席に安んぜなくなっていたのに、この意外に大きい声を、意外な時に聞いた公使は、とうとう立ち上がって、手足の措所《おきどころ》に迷った。

馬場は三度目にようよう箕浦の首を墜《おと》した。

次に呼び出された西村は温厚な人である。源姓、名は氏同《うじあつ》。土佐郡江の口村に住んでいた。家禄四十石の馬廻である。弘化二年七月に生れて、当年二十四歳になる。歩兵小隊司令には慶応三年八月になった。西村は軍服を着て切腹の座に着いたが、服の釦鈕《ぼたん》を一つ一つ丁寧にはずした。さて短刀を取って左に突き立て、少し右へ引き掛けて、浅過ぎると思ったらしく、更に深く突き立てて緩《ゆるや》かに右へ引いた。介錯人の小坂は少し慌《あわ》てたらしく、西村がまだ右へ引いているうちに、背後から切った。首は三間ばかり飛んだ。

次は池上で、北川が介錯した。次の大石は際立った大男である。先ず両手で腹を二三度撫《な》でた。それから刀を取って、右手で左の脇腹を突き刺し、左手《ゆんで》で刀背《とうはい》を押して切り下げ、右手に左手を添えて、刀を右へ引き廻し、右の脇腹に至った時、更に左手で刀背を押して切り上げた。それから刀を座右に置いて、両手を張って、「介錯頼む」と叫んだ。介錯人落合は為損《しそん》じて、七太刀目に首を墜した。切腹の刀の運びがするすると渋滞なく、手際の最も立派であったのは、この大石である。

これから杉本、勝賀瀬、山本、森本、北城、稲田、柳瀬の順序に切腹した。中にも柳瀬は一旦左から右へ引き廻した刀を、再び右から左へ引き戻したので腸《はらわた》が創口から溢《あふ》れて出た。

次は十二人目の橋詰である。橋詰が出て座に着く頃は、もう四辺《あたり》が昏《くら》くなって、本堂には燈明が附いた。

フランス公使はこれまで不安に堪えぬ様子で、起ったり居たりしていた。この不安は次第に銃を執《と》って立っている兵卒に波及した。姿勢は悉《ことごと》く崩れ、手を振り動かして何事かささやき合うようになった。丁度橋詰が切腹の座に着いた時、公使が何か一言いうと、兵卒一同は公使を中に囲んで臨検の席を離れ、我皇族並に諸役人に会釈もせず、あたふたと幕の外に出た。さて庭を横切って、寺の門を出るや否や、公使を包擁《ほうよう》した兵卒は駆歩《かけあし》に移って港口へ走った。

切腹の座では橋詰が衣服をくつろげて、短刀を腹に立てようとした。そこへ役人が駆け付けて、「暫く」と叫んだ。驚いて手を停めた橋詰に、役人はフランス公使退席の事を話して、ともかくも一時切腹を差し控えられたいといった。橋詰は跡に残った八人の所に帰って、仔細《しさい》を話した。

とても死ぬるものなら、一思《ひとおもい》に死んでしまいたいという情に、九人が皆支配せられている。留められてもどかしいと感ずると共に、その留めた人に打《ぶ》っ附かって何か言いたい。理由を問うて見たい。一同小南の控所に往って、橋詰が口を開いた。

「我々が朝命によって切腹いたすのを、何故にお差留になりましたか。それを承りに出ました」

小南は答えた。

「その疑は一応尤《もっとも》であるが切腹にはフランス人が立ち会う筈《はず》である。それが退席したから、中止せんではならぬ。只今薩摩、長門、因幡、備前、肥後、安芸七藩の家老方がフランス軍艦に出向かわれた。姑《しばら》く元の席に帰って吉左右《きっそう》を待たれい」

九人は是非なく本堂に引き取った。細川、浅野両藩の士《さむらい》が夕食の膳を出して、食事をする気にはなられぬという人々に、強《し》いて箸《はし》を取らせ、次いで寝具を出して枕に就かせた。子の刻頃になって、両藩の士が来て、只今七藩の家老方がこれへ出席になると知らせた。九人は跳《は》ね起きて迎接した。七家老の中三人が膝を進めて、かわるがわるいうのを聞けば、概《おおむ》ねこうである。我々はフランス軍艦に往って退席の理由を質《ただ》した。然るにフランス公使は、土佐の人々が身命を軽んじて公に奉ぜられるには感服したが、何分その惨澹《さんたん》たる状況を目撃するに忍びないから、残る人々の助命の事を日本政府に申し立てるといった。明朝は伊達少将の手を経て朝旨《ちょうし》を伺うことになるだろう。いずれも軽挙妄動《もうどう》することなく、何分の御沙汰を待たれいというのである。九人は謹んで承服した。

中一日置いて二十五日に、両藩の士が来て、九人が大阪表へ引上げることになったこと、それから六番隊の橋詰、岡崎、川谷は安芸藩へ、八番隊の竹内、横田、土居、垣内、金田、武内は肥後藩へ預けられたことを伝えた。九挺の駕籠は寺の広庭に舁《か》き据えられた。一同駕籠に乗ろうとする時、橋詰が自ら舌を咬《か》み切って、口角から血を流して倒れた。同僚の潔く死んだ後に、自分の番になって故障の起ったのを遺憾だと思ったのである。幸に舌の創は生命を危くする程のものではなかったが、浅野家のものは再び変事の起らぬうちに、早く大阪まで引き上げようと思って、橋詰以下三人の乗った駕籠を、早追の如くに急がせた。細川家のものが声を掛けて、歩度を緩《ゆる》めさせようとしたが、浅野家のものは耳にも掛けない。とうとう細川家のものも駆足になった。

大阪に着くと、九挺の駕籠が一旦長堀の土佐藩邸の前に停められた。小南が門前に出て、橋詰に説諭した。そこから両藩のものが引き分れて、各《おのおの》預けられた人達を連れて帰った。橋詰には医者が附けられ、又土佐藩から看護人が差し添えられた。

九人のものは細川、浅野両家で非常に優待せられた。中にも細川家では、元禄年中に赤穂浪人を預り、万延元年に井伊掃部頭《いいかもんのかみ》を刺した水戸浪人を預り、今度で三度目の名誉ある御用を勤めるのだといって、鄭重《ていちょう》の上にも鄭重にした。新調した縞《しま》の袷《あわせ》を寝衣《ねまき》として渡す。夜具は三枚布団で、足軽が敷畳をする。隔日に据風呂《すえふろ》が立つ。手拭と白紙とを渡す。三度の食事に必ず焼物付の料理が出て、隊長が毒見をする。午後に重詰の菓子で茶を出す。果物が折々出る。便用には徒士《かち》二三人が縁側に出張る。手水《ちょうず》の柄杓《ひしゃく》は徒士が取る。夜は不寝番《ねずばん》が附く。挨拶に来るものは縁板に頭を附ける。書物を貸して読ませる。病気の時は医者を出して、目前で調合し、目前で煎《せん》じさせる。凡そこういう扱振である。

三月二日に、死刑を免じて国元へ指返《さしかえ》すという達しがあった。三日に土佐藩の隊長が兵卒を連れて、細川、浅野両藩にいる九人のものを受取りに廻った。両藩共七菜二《しちさいに》の膳附の饗応《きょうおう》をして別を惜んだ。十四日に、九人のものは下横目一人宰領二人を附けられて、木津川口から舟に乗り込み、十五日に、千本松を出帆し、十六日の夜なかに浦戸《うらど》の港に着いた。十七日に、南会所をさして行くに、松が鼻から西、帯屋町までの道筋は、堺事件の人達を見に出た群集で一ぱいになっている。南会所で、下横目が九人のものを支配方に引き渡し、支配方は受け取って各自の親族に預けた。九人のものはこの時一旦遺書《ゆいしょ》遺髪《ゆいはつ》を送って遣《や》った父母妻子に、久し振の面会をした。

五月二十日に、南会所から九人のものに呼出状が来た。本人は巳《み》の刻、実父又は実子のあるものは、その実父、実子も巳の刻半に出頭すべしというのである。南会所では目附の出座があって、下横目が三箇条の達しをした。扶持切米《ふちきりまい》召し放され、渡川《わたりかわ》限《かぎり》西へ流罪《るざい》仰せ付けられる。袴刀《はかまかたな》のままにて罷《まか》り越して好いというのが一つ。実子あるものは実子を兵卒に召し抱え、二人扶持切米四石を下し置かれるというのが二つ。実子のないものは配処に於いて介補《かいほ》として二人扶持を下し置かれ、幡多《はた》中村の蔵から渡し遣《つか》わされるというのが三つである。九人のものは相談の上、橋詰を以て申し立てた。我々はフランス人の要求によって、国家の為めに死のうとしたものである。それゆえ切腹を許され、士分《さむらいぶん》の取扱を受けた。次いでフランス人が助命を申し出たので、死を宥《なだ》められた。然れば無罪にして士分の取扱をも受くべき筈である。それを何故に流刑に処せられるか、その理由を承らぬうちは、輒《たやす》くお請《うけ》が出来難いというのである。目附は当惑の体でいった。不審は最《もっとも》である。しかしこの度の流刑は自殺した十一人の苦痛に準ずる御処分であろう。枉《ま》げてお請をせられたいといった。九人のものは苦笑していった。十一人の死は、我々も日夜心苦しく存ずる所である。その苦痛に準ずるといわれては、論弁すべき詞《ことば》がない。一同お請いたすといった。

九人のものは流人として先例のない袴着帯刀《はかまぎたいとう》の姿で出立したが、久しく蟄居《ちっきょ》して体《からだ》が疲れていたので、土佐郡朝倉村に着いてから、一同足痛を申し立てて駕籠に乗った。配所は幡多郡入田村《はたごおりにゅうたむら》である。庄屋宇賀祐之進《うがすけのしん》の取計《とりはからい》で、初は九人を一人ずつ農家に分けて入れたが、数日の後一軒の空屋に八人を合宿させた。横田一人は西へ三里隔たった有岡村の法華宗真静寺の住職が、俗縁があるので引き取った。

九人のものは妙国寺で死んだ同僚十一人のために、真静寺で法会《ほうえ》を行って、次の日から村民に文武の教育を施しはじめた。竹内は四書の素読《そどく》を授け、土居、武内は撃剣を教え、その他の人々も思い思いに諸芸の指南をした。

入田村は夏から秋に掛けて時疫《じえき》の流行する土地である。八月になって川谷、横田、土居の三人が発熱した。土居の妻は香美郡《かがみごおり》夜須村《やすむら》から、昼夜兼行で看病に来た。横田の子常次郎は、母が病気なので、僅《わず》かに九歳の童子でありながら、単身三十里の道を歩いて来て、父を介抱した。この二人は次第に恢復《かいふく》に向ったのに、川谷一人は九月四日に二十六歳を一期《いちご》として病死した。

十一月十七日に、目附方は橋詰以下九人のものに御用召を発した。生き残った八人は、川谷の墓に別を告げて入田村を出立し、二十七日に高知に着いた。即時に目附役場に出ると、各通の書面を以て、「御即位御祝式に被当《あたられ》、思召《おぼしめし》帰住《きじゅう》御免《ごめん》之上、兵士某《なにがし》父に被仰付《おおせつけられ》、以前《いぜん》之《の》年数《ねんすう》被継遣之《これをつぎつかわさる》」という申渡《もうしわたし》があった。これは八月二十七日にあった明治天皇の即位のために、八人のものが特赦《とくしゃ》を受けたので、兵士とは並の兵卒である。士分取扱の沙汰《さた》は終《つい》に無かった。

妙国寺で死んだ十一人のためには、土佐藩で宝珠院に十一基の石碑を建てた。箕浦を頭《かしら》に柳瀬までの碑が一列に並んでいる。宝珠院本堂の背後の縁下には、九つの大瓶《おおがめ》が切石の上に伏せてある。これはその中に入るべくして入らなかった九人の遺物である。堺では十一基の石碑を「御残念様」といい、九箇の瓶《かめ》を「生運様《いきうんさま》」といって参詣《さんけい》するものが迹《あと》を絶たない。

十一人のうち箕浦は男子がなかったので、一時家が断絶したが、明治三年三月八日に、同姓箕浦幸蔵の二男楠吉《くすきち》に家名を立てさせ、三等下席《かせき》に列し、七石三斗を給し、次で幸蔵の願に依て、猪之吉の娘を楠吉に配することになった。

西村は父清左衛門が早く亡くなって、祖父克平《かつへい》が生存していたので、家督を祖父に復せられた。後には親族筧氏《かけいうじ》から養子が来た。

小頭以下兵卒の子は、幼少でも大抵兵卒に抱えられて、成長した上で勤務した。

山椒大夫《さんしょうだゆう》

越後《えちご》の春日《かすが》を経て今津へ出る道を、珍らしい旅人の一群れが歩いている。母は三十歳を踰《こ》えたばかりの女で、二人の子供を連れている。姉は十四、弟は十二である。それに四十ぐらいの女中が一人ついて、くたびれた同胞《はらから》二人を、「もうじきにお宿にお着きなさいます」と言って励まして歩かせようとする。二人の中で、姉娘は足を引きずるようにして歩いているが、それでも気が勝っていて、疲れたのを母や弟に知らせまいとして、折り折り思い出したように弾力のある歩きつきをして見せる。近い道を物詣《ものまい》りにでも歩くのなら、ふさわしくも見えそうな一群れであるが、笠《かさ》やら杖《つえ》やらかいがいしい出立《いでた》ちをしているのが、誰の目にも珍らしく、また気の毒に感ぜられるのである。

道は百姓家の断《た》えたり続いたりする間を通っている。砂や小石は多いが、秋日和《あきびより》によく乾いて、しかも粘土がまじっているために、よく固まっていて、海のそばのように踝《くるぶし》を埋めて人を悩ますことはない。

藁葺《わらぶ》きの家が何軒も立ち並んだ一構えが柞《ははそ》の林に囲まれて、それに夕日がかっとさしているところに通りかかった。

「まああの美しい紅葉《もみじ》をごらん」と、先に立っていた母が指さして子供に言った。

子供は母の指さす方を見たが、なんとも言わぬので、女中が言った。「木の葉があんなに染まるのでございますから、朝晩お寒くなりましたのも無理はございませんね」

姉娘が突然弟を顧みて言った。「早くお父うさまのいらっしゃるところへ往《ゆ》きたいわね」

「姉えさん。まだなかなか往《い》かれはしないよ」弟は賢《さか》しげに答えた。

母が諭《さと》すように言った。「そうですとも。今まで越して来たような山をたくさん越して、河や海をお船でたびたび渡らなくては往かれないのだよ。毎日精出しておとなしく歩かなくては」

「でも早く往きたいのですもの」と、姉娘は言った。

一群れはしばらく黙って歩いた。

向うから空桶《からおけ》を担《かつ》いで来る女がある。塩浜から帰る潮汲《しおく》み女である。

それに女中が声をかけた。「もしもし。この辺に旅の宿をする家はありませんか」

潮汲み女は足を駐《と》めて、主従四人の群れを見渡した。そしてこう言った。「まあ、お気の毒な。あいにくなところで日が暮れますね。この土地には旅の人を留めて上げる所は一軒もありません」

女中が言った。「それは本当ですか。どうしてそんなに人気《じんき》が悪いのでしょう」

二人の子供は、はずんで来る対話の調子を気にして、潮汲み女のそばへ寄ったので、女中と三人で女を取り巻いた形になった。

潮汲み女は言った。「いいえ。信者が多くて人気のいい土地ですが、国守《くにのかみ》の掟《おきて》だからしかたがありません。もうあそこに」と言いさして、女は今来た道を指さした。「もうあそこに見えていますが、あの橋までおいでなさると高札《たかふだ》が立っています。それにくわしく書いてあるそうですが、近ごろ悪い人買いがこの辺を立ち廻ります。それで旅人に宿を貸して足を留めさせたものにはお咎《とが》めがあります。あたり七軒巻添えになるそうです」

「それは困りますね。子供衆もおいでなさるし、もうそう遠くまでは行かれません。どうにかしようはありますすまいか」

「そうですね。わたしの通う塩浜のあるあたりまで、あなた方がおいでなさると、夜になってしまいましょう。どうもそこらでいい所を見つけて、野宿をなさるよりほか、しかたがありますまい。わたしの思案では、あそこの橋の下にお休みなさるがいいでしょう。岸の石垣にぴったり寄せて、河原に大きい材木がたくさん立ててあります。荒川の上《かみ》から流して来た材木です。昼間はその下で子供が遊んでいますが、奥の方には日もささず、暗くなっている所があります。そこなら風も通しますまい。わたしはこうして毎日通う塩浜の持ち主のところにいます。ついそこの柞《ははそ》の森の中です。夜になったら、藁《わら》や薦《こも》を持って往ってあげましょう」

子供らの母は一人離れて立って、この話を聞いていたが、このとき潮汲み女のそばに進み寄って言った。「よい方に出逢《であ》いましたのは、わたしどもの為合《しあわ》せでございます。そこへ往って休みましょう。どうぞ藁や薦をお借り申しとうございます。せめて子供たちにでも敷かせたりきせたりいたしとうございます」

潮汲み女は受け合って、柞の林の方へ帰って行く。主従四人は橋のある方へ急いだ。

荒川にかけ渡した応化橋《おうげのはし》の袂《たもと》に一群れは来た。潮汲み女の言った通りに、新しい高札が立っている。書いてある国守の掟も、女の詞《ことば》にたがわない。

人買いが立ち廻るなら、その人買いの詮議《せんぎ》をしたらよさそうなものである。旅人に足を留めさせまいとして、行き暮れたものを路頭に迷わせるような掟を、国守はなぜ定めたものか。ふつつかな世話の焼きようである。しかし昔の人の目には掟である。子供らの母はただそういう掟のある土地に来合わせた運命を歎《なげ》くだけで、掟の善悪《よしあし》は思わない。

橋の袂に、河原へ洗濯に降りるものの通う道がある。そこから一群れは河原に降りた。なるほど大層な材木が石垣に立てかけてある。一群れは石垣に沿うて材木の下へくぐってはいった。男の子は面白がって、先に立って勇んではいった。

奥深くもぐってはいると、洞穴《ほらあな》のようになった所がある。下には大きい材木が横になっているので、床を張ったようである。

男の子が先に立って、横になっている材木の上に乗って、一番隅《すみ》へはいって、「姉えさん、早くおいでなさい」と呼ぶ。

姉娘はおそるおそる弟のそばへ往った。

「まあ、お待ち遊ばせ」と女中が言って、背に負っていた包みをおろした。そして着換えの衣類を出して、子供を脇《わき》へ寄らせて、隅のところに敷いた。そこへ親子をすわらせた。

母親がすわると、二人の子供が左右からすがりついた。岩代《いわしろ》の信夫郡《しのぶごおり》の住家《すみか》を出て、親子はここまで来るうちに、家の中ではあっても、この材木の蔭より外らしい所に寝たことがある。不自由にも次第に慣れて、もうさほど苦にはしない。

女中の包みから出したのは衣類ばかりではない。用心に持っている食べ物もある。女中はそれを親子の前に出して置いて言った。「ここでは焚火《たきび》をいたすことは出来ません。もし悪い人に見つけられてはならぬからでございます。あの塩浜の持ち主とやらの家まで往って、お湯をもらってまいりましょう。そして藁《わら》や薦《こも》のことも頼んでまいりましょう」

女中はまめまめしく出て行った。子供は楽しげに粔籹《おこしごめ》やら、乾《ほ》した果《くだもの》やらを食べはじめた。

しばらくすると、この材木の蔭へ人のはいって来る足音がした。「姥竹《うばたけ》かい」と母親が声をかけた。しかし心のうちには、柞《ははそ》の森まで往って来たにしては、あまり早いと疑った。姥竹というのは女中の名である。

はいって来たのは四十歳ばかりの男である。骨組みのたくましい、筋肉が一つびとつ肌の上から数えられるほど、脂肪の少い人で、牙彫《げぼり》の人形のような顔に笑《え》みを湛《たた》えて、手に数珠《ずず》を持っている。我が家を歩くような、慣れた歩きつきをして、親子のひそんでいるところへ進み寄った。そして親子の座席にしている材木の端に腰をかけた。

親子はただ驚いて見ている。仇《あた》をしそうな様子も見えぬので、恐ろしいとも思わぬのである。

男はこんなことを言う。「わしは山岡大夫という船乗りじゃ。このごろこの土地を人買いが立ち廻るというので、国守が旅人に宿を貸すことを差し止めた。人買いをつかまえることは、国守の手に合わぬと見える。気の毒なは旅人じゃ。そこでわしは旅人を救うてやろうと思い立った。さいわいわしが家は街道《かいどう》を離れているので、こっそり人を留めても、誰に遠慮もいらぬ。わしは人の野宿をしそうな森の中や橋の下を尋ね廻って、これまで大勢の人を連れて帰った。見れば子供衆が菓子を食べていなさるが、そんな物は腹の足しにはならいで、歯に障《さわ》る。わしがところではさしたる饗応《もてなし》はせぬが、芋粥《いもがゆ》でも進ぜましょう。どうぞ遠慮せずに来て下されい」男は強《し》いて誘うでもなく、独語《ひとりごと》のように言ったのである。

子供の母はつくづく聞いていたが、世間の掟にそむいてまでも人を救おうというありがたい志に感ぜずにはいられなかった。そこでこう言った。「承われば殊勝なお心がけと存じます。貸すなという掟のある宿を借りて、ひょっと宿主《やどぬし》に難儀をかけようかと、それが気がかりでございますが、わたくしはともかくも、子供らに温《ぬく》いお粥《かゆ》でも食べさせて、屋根の下に休ませることが出来ましたら、そのご恩はのちの世までも忘れますまい」

山岡大夫はうなずいた。「さてさてよう物のわかるご婦人じゃ。そんならすぐに案内をして進ぜましょう」こう言って立ちそうにした。

母親は気の毒そうに言った。「どうぞ少しお待ち下さいませ。わたくしども三人がお世話になるさえ心苦しゅうございますのに、こんなことを申すのはいかがと存じますが、実は今一人連れがございます」

山岡大夫は耳をそばだてた。「連れがおありなさる。それは男か女子《おなご》か」

「子供たちの世話をさせに連れて出た女中でございます。湯をもらうと申して、街道を三四町あとへ引き返してまいりました。もうほどなく帰ってまいりましょう」

「お女中かな。そんなら待って進ぜましょう」山岡大夫の落ち着いた、底の知れぬような顔に、なぜか喜びの影が見えた。

ここは直江の浦である。日はまだ米山《よねやま》の背後《うしろ》に隠れていて、紺青《こんじょう》のような海の上には薄い靄《もや》がかかっている。

一群れの客を舟に載せて纜《ともづな》を解いている船頭がある。船頭は山岡大夫で、客はゆうべ大夫の家に泊った主従四人の旅人である。

応化橋《おうげのはし》の下で山岡大夫に出逢った母親と子供二人とは、女中姥竹《うばたけ》が欠け損じた瓶子《へいし》に湯をもらって帰るのを待ち受けて、大夫に連れられて宿を借りに往った。姥竹は不安らしい顔をしながらついて行った。大夫は街道を南へはいった松林の中の草の家《や》に四人を留めて、芋粥《いもがゆ》をすすめた。そしてどこからどこへ往く旅かと問うた。くたびれた子供らをさきへ寝させて、母は宿の主人《あるじ》に身の上のおおよそを、かすかな燈火《ともしび》のもとで話した。

自分は岩代《いわしろ》のものである。夫が筑紫《つくし》へ往って帰らぬので、二人の子供を連れて尋ねに往く。姥竹は姉娘の生まれたときから守《も》りをしてくれた女中で、身寄りのないものゆえ、遠い、覚束ない旅の伴《とも》をすることになったと話したのである。

さてここまでは来たが、筑紫の果てへ往くことを思えば、まだ家を出たばかりと言ってよい。これから陸《おか》を行ったものであろうか。または船路《ふなじ》を行ったものであろうか。主人《あるじ》は船乗りであってみれば、定めて遠国のことを知っているだろう。どうぞ教えてもらいたいと、子供らの母が頼んだ。

大夫は知れきったことを問われたように、少しもためらわずに船路を行くことを勧めた。陸を行けば、じき隣の越中の国に入る界《さかい》にさえ、親不知子不知《おやしらずこしらず》の難所がある。削り立てたような巌石の裾《すそ》には荒浪《あらなみ》が打ち寄せる。旅人は横穴にはいって、波の引くのを待っていて、狭い巌石の下の道を走り抜ける。そのときは親は子を顧みることが出来ず、子も親を顧みることが出来ない。それは海辺《うみべ》の難所である。また山を越えると、踏まえた石が一つ揺《ゆる》げば、千尋《ちひろ》の谷底に落ちるような、あぶない岨道《そわみち》もある。西国へ往くまでには、どれほどの難所があるか知れない。それとは違って、船路は安全なものである。たしかな船頭にさえ頼めば、いながらにして百里でも千里でも行かれる。自分は西国まで往くことは出来ぬが、諸国の船頭を知っているから、船に載せて出て、西国へ往く舟に乗り換えさせることが出来る。あすの朝は早速船に載せて出ようと、大夫は事もなげに言った。

夜が明けかかると、大夫は主従四人をせき立てて家を出た。そのとき子供らの母は小さい嚢《ふくろ》から金を出して、宿賃を払おうとした。大夫は留めて、宿賃はもらわぬ、しかし金の入れてある大切な嚢は預かっておこうと言った。なんでも大切な品は、宿に着けば宿の主人《あるじ》に、舟に乗れば舟の主《ぬし》に預けるものだというのである。

子供らの母は最初に宿を借ることを許してから、主人の大夫の言うことを聴かなくてはならぬような勢いになった。掟を破ってまで宿を貸してくれたのを、ありがたくは思っても、何事によらず言うがままになるほど、大夫を信じてはいない。こういう勢いになったのは、大夫の詞に人を押しつける強みがあって、母親はそれに抗《あらが》うことが出来ぬからである。その抗うことの出来ぬのは、どこか恐ろしいところがあるからである。しかし母親は自分が大夫を恐れているとは思っていない。自分の心がはっきりわかっていない。

母親は余儀ないことをするような心持ちで舟に乗った。子供らは凪《な》いだ海の、青い氈《かも》を敷いたような面《おもて》を見て、物珍しさに胸をおどらせて乗った。ただ姥竹が顔には、きのう橋の下を立ち去ったときから、今舟に乗るときまで、不安の色が消え失せなかった。

山岡大夫は纜《ともづな》を解いた。檣《さお》で岸を一押し押すと、舟は揺《ゆら》めきつつ浮び出た。

山岡大夫はしばらく岸に沿うて南へ、越中境《えっちゅうざかい》の方角へ漕《こ》いで行く。靄《もや》は見る見る消えて、波が日にかがやく。

人家のない岩蔭に、波が砂を洗って、海松《みる》や荒布《あらめ》を打ち上げているところがあった。そこに舟が二艘《そう》止まっている。船頭が大夫を見て呼びかけた。

「どうじゃ。あるか」

大夫は右の手を挙げて、大拇《おやゆび》を折って見せた。そして自分もそこへ舟を舫《もや》った。大拇だけ折ったのは、四人あるという相図《あいず》である。

前からいた船頭の一人は宮崎の三郎といって、越中宮崎のものである。左の手の拳《こぶし》を開いて見せた。右の手が貨《しろもの》の相図になるように、左の手は銭の相図になる。これは五貫文につけたのである。

「気張るぞ」と今一人の船頭が言って、左の臂《ひじ》をつと伸べて、一度拳を開いて見せ、ついで示指《ひとさしゆび》を竪《た》てて見せた。この男は佐渡の二郎で六貫文につけたのである。

「横着者奴《おうちゃくものめ》」と宮崎が叫んで立ちかかれば、「出し抜こうとしたのはおぬしじゃ」と佐渡が身構えをする。二艘の舟がかしいで、舷《ふなばた》が水を咎《むちゅう》った。

大夫は二人の船頭の顔を冷ややかに見較べた。「あわてるな。どっちも空手《からて》では還《かえ》さぬ。お客さまがご窮屈でないように、お二人ずつ分けて進ぜる。賃銭はあとでつけた値段の割じゃ」こう言っておいて、大夫は客を顧みた。「さあ、お二人ずつあの舟へお乗りなされ。どれも西国への便船じゃ。舟足というものは、重過ぎては走りが悪い」

二人の子供は宮崎が舟へ、母親と姥竹とは佐渡が舟へ、大夫が手をとって乗り移らせた。移らせて引く大夫が手に、宮崎も佐渡も幾緡《いくさし》かの銭を握らせたのである。

「あの、主人《あるじ》にお預けなされた嚢《ふくろ》は」と、姥竹が主《しゅう》の袖《そで》を引くとき、山岡大夫は空舟をつと押し出した。

「わしはこれでお暇《いとま》をする。たしかな手からたしかな手へ渡すまでがわしの役じゃ。ご機嫌ようお越しなされ」

艪《ろ》の音が忙《せわ》しく響いて、山岡大夫の舟は見る見る遠ざかって行く。

母親は佐渡に言った。「同じ道を漕いで行って、同じ港に着くのでございましょうね」

佐渡と宮崎とは顔を見合わせて、声を立てて笑った。そして佐渡が言った。「乗る舟は弘誓《ぐぜい》の舟、着くは同じ彼岸《かのきし》と、蓮華峰寺《れんげぶじ》の和尚《おしょう》が言うたげな」

二人の船頭はそれきり黙って舟を出した。佐渡の二郎は北へ漕ぐ。宮崎の三郎は南へ漕ぐ。「あれあれ」と呼びかわす親子主従は、ただ遠ざかり行くばかりである。

母親は物狂おしげに舷《ふなばた》に手をかけて伸び上がった。「もうしかたがない。これが別れだよ。安寿《あんじゅ》は守本尊の地蔵様を大切におし。厨子王《ずしおう》はお父うさまの下さった護り刀を大切におし。どうぞ二人が離れぬように」安寿は姉娘、厨子王は弟の名である。

子供はただ「お母あさま、お母あさま」と呼ぶばかりである。

舟と舟とは次第に遠ざかる。後ろには餌《え》を待つ雛《ひな》のように、二人の子供があいた口が見えていて、もう声は聞えない。

姥竹は佐渡の二郎に「もし船頭さん、もしもし」と声をかけていたが、佐渡は構わぬので、とうとう赤松の幹のような脚にすがった。「船頭さん。これはどうしたことでございます。あのお嬢さま、若さまに別れて、生きてどこへ往かれましょう。奥さまも同じことでございます。これから何をたよりにお暮らしなさいましょう。どうぞあの舟の往く方へ漕いで行って下さいまし。後生でございます」

「うるさい」と佐渡は後ろざまに蹴った。姥竹は舟笭《ふなとこ》に倒れた。髪は乱れて舷にかかった。

姥竹は身を起した。「ええ。これまでじゃ。奥さま、ご免下さいまし」こう言ってまっさかさまに海に飛び込んだ。

「こら」と言って船頭は臂《ひじ》を差し伸ばしたが、まにあわなかった。

母親は袿《うちぎ》を脱いで佐渡が前へ出した。「これは粗末な物でございますが、お世話になったお礼に差し上げます。わたくしはもうこれでお暇を申します」こう言って舷に手をかけた。

「たわけが」と、佐渡は髪をつかんで引き倒した。「うぬまで死なせてなるものか。大事な貨《しろもの》じゃ」

佐渡の二郎は牽絨《つなで》を引き出して、母親をくるくる巻きにして転がした。そして北へ北へと漕いで行った。

「お母あさまお母あさま」と呼び続けている姉と弟とを載せて、宮崎の三郎が舟は岸に沿うて南へ走って行く。「もう呼ぶな」と宮崎が叱った。「水の底の鱗介《いろくず》には聞えても、あの女子《おなご》には聞えぬ。女子どもは佐渡へ渡って粟《あわ》の鳥でも逐《お》わせられることじゃろう」

姉の安寿と弟の厨子王とは抱き合って泣いている。故郷を離れるも、遠い旅をするも母と一しょにすることだと思っていたのに、今はからずも引き分けられて、二人はどうしていいかわからない。ただ悲しさばかりが胸にあふれて、この別れが自分たちの身の上をどれだけ変らせるか、そのほどさえ弁《わきま》えられぬのである。

午《ひる》になって宮崎は餅《もち》を出して食った。そして安寿と厨子王とにも一つずつくれた。二人は餅を手に持って食べようともせず、目を見合わせて泣いた。夜は宮崎がかぶせた苫《とま》の下で、泣きながら寝入った。

こうして二人は幾日か舟に明かし暮らした。宮崎は越中、能登《のと》、越前《えちぜん》、若狭《わかさ》の津々浦々を売り歩いたのである。

しかし二人がおさないのに、体もか弱く見えるので、なかなか買おうと言うものがない。たまに買い手があっても、値段の相談が調《ととの》わない。宮崎は次第に機嫌を損じて、「いつまでも泣くか」と二人を打つようになった。

宮崎が舟は廻り廻って、丹後の由良《ゆら》の港に来た。ここには石浦というところに大きい邸《やしき》を構えて、田畑に米麦を植えさせ、山では猟《かり》をさせ、海では漁《すなどり》をさせ、蚕飼《こがい》をさせ、機織《はたおり》をさせ、金物、陶物《すえもの》、木の器、何から何まで、それぞれの職人を使って造らせる山《さん》椒大夫《しょうだゆう》という分限者《ぶげんしゃ》がいて、人なら幾らでも買う。宮崎はこれまでも、よそに買い手のない貨《しろもの》があると、山椒大夫がところへ持って来ることになっていた。

港に出張っていた大夫の奴頭《やっこがしら》は、安寿、厨子王をすぐに七貫文に買った。

「やれやれ、餓鬼《がき》どもを片づけて身が軽うなった」と言って、宮崎の三郎は受け取った銭を懐《ふところ》に入れた。そして波止場の酒店にはいった。

一抱えに余る柱を立て並べて造った大廈《おおいえ》の奥深い広間に一間四方の炉を切らせて、炭火がおこしてある。その向うに茵《しとね》を三枚畳《かさ》ねて敷いて、山椒大夫は几《おしまずき》にもたれている。左右には二郎、三郎の二人の息子が狛犬《こまいぬ》のように列《なら》んでいる。もと大夫には三人の男子があったが、太郎は十六歳のとき、逃亡を企てて捕えられた奴《やっこ》に、父が手ずから烙印《やきいん》をするのをじっと見ていて、一言も物を言わずに、ふいと家を出て行くえが知れなくなった。今から十九年前のことである。

奴頭《やっこがしら》が安寿、厨子王を連れて前へ出た。そして二人の子供に辞儀をせいと言った。二人の子供は奴頭の詞《ことば》が耳に入らぬらしく、ただ目をみはって大夫を見ている。今年六十歳になる大夫の、朱を塗ったような顔は、額が広く顎《あご》が張って、髪も鬚《ひげ》も銀色に光っている。子供らは恐ろしいよりは不思議がって、じっとその顔を見ているのである。

大夫は言った。「買うて来た子供はそれか。いつも買う奴《やっこ》と違うて、何に使うてよいかわからぬ、珍らしい子供じゃというから、わざわざ連れて来させてみれば、色の蒼《あお》ざめた、か細い童《わらわ》どもじゃ。何に使うてよいかは、わしにもわからぬ」

そばから三郎が口を出した。末の弟ではあるが、もう三十になっている。「いやお父っさん。さっきから見ていれば、辞儀をせいと言われても辞儀もせぬ。ほかの奴のように名のりもせぬ。弱々しゅう見えてもしぶとい者どもじゃ。奉公初めは男が柴苅《しばか》り、女が汐汲《しおく》みときまっている。その通りにさせなされい」

「おっしゃるとおり、名はわたくしにも申しませぬ」と、奴頭が言った。

大夫は嘲笑《あざわら》った。「愚か者と見える。名はわしがつけてやる。姉はいたつきを垣衣《しのぶぐさ》、弟は我が名を萱草《わすれぐさ》じゃ。垣衣は浜へ往って、日に三荷《が》の潮を汲め。萱草は山へ往って日に三荷の柴を刈れ。弱々しい体に免じて、荷は軽うして取らせる」

三郎が言った。「過分のいたわりようじゃ。こりゃ、奴頭。早く連れて下がって道具を渡してやれ」

奴頭は二人の子供を新参小屋に連れて往って、安寿には桶《おけ》と杓《ひさご》、厨子王には籠《かご》と鎌《かま》を渡した。どちらにも午餉《ひるげ》を入れる樏子《かれいけ》が添えてある。新参小屋はほかの奴婢《ぬひ》の居所とは別になっているのである。

奴頭が出て行くころには、もうあたりが暗くなった。この屋《いえ》には燈火《あかり》もない。

翌日の朝はひどく寒かった。ゆうべは小屋に備えてある衾《ふすま》があまりきたないので、厨子王が薦《こも》を探して来て、舟で苫《とま》をかずいたように、二人でかずいて寝たのである。

きのう奴頭に教えられたように、厨子王は樏子《かれいけ》を持って厨《くりや》へ餉《かれい》を受け取りに往った。屋根の上、地にちらばった藁の上には霜が降っている。厨は大きい土間で、もう大勢の奴婢《ぬひ》が来て待っている。男と女とは受け取る場所が違うのに、厨子王は姉のと自分のともらおうとするので、一度は叱られたが、あすからはめいめいがもらいに来ると誓って、ようよう樏子《かれいけ》のほかに、面桶《めんつう》に入れた饘《かたかゆ》と、木の椀《まり》に入れた湯との二人前をも受け取った。饘《かたかゆ》は塩を入れて炊《かし》いである。

姉と弟とは朝餉《あさげ》を食べながら、もうこうした身の上になっては、運命のもとに項《うなじ》を屈《かが》めるよりほかはないと、けなげにも相談した。そして姉は浜辺へ、弟は山路をさして行くのである。大夫が邸の三の木戸、二の木戸、一の木戸を一しょに出て、二人は霜を履《ふ》んで、見返りがちに左右へ別れた。

厨子王が登る山は由良《ゆら》が嶽《たけ》の裾《すそ》で、石浦からは少し南へ行って登るのである。柴を苅る所は、麓《ふもと》から遠くはない。ところどころ紫色の岩の露《あら》われている所を通って、やや広い平地に出る。そこに雑木が茂っているのである。

厨子王は雑木林の中に立ってあたりを見廻した。しかし柴はどうして苅るものかと、しばらくは手を着けかねて、朝日に霜の融《と》けかかる、茵《しとね》のような落ち葉の上に、ぼんやりすわって時を過した。ようよう気を取り直して、一枝二枝苅るうちに、厨子王は指を傷《いた》めた。そこでまた落ち葉の上にすわって、山でさえこんなに寒い、浜辺に行った姉さまは、さぞ潮風が寒かろうと、ひとり涙をこぼしていた。

日がよほど昇ってから、柴を背負って麓へ降りる、ほかの樵《きこり》が通りかかって、「お前も大夫のところの奴か、柴は日に何荷苅るのか」と問うた。

「日に三荷苅るはずの柴を、まだ少しも苅りませぬ」と厨子王は正直に言った。

「日に三荷の柴ならば、午《ひる》までに二荷苅るがいい。柴はこうして苅るものじゃ」樵は我が荷をおろして置いて、すぐに一荷苅ってくれた。

厨子王は気を取り直して、ようよう午までに一荷苅り、午からまた一荷苅った。

浜辺に往く姉の安寿は、川の岸を北へ行った。さて潮を汲む場所に降り立ったが、これも汐の汲みようを知らない。心で心を励まして、ようよう杓《ひさご》をおろすや否や、波が杓を取って行った。

隣で汲んでいる女子《おなご》が、手早く杓を拾って戻した。そしてこう言った。「汐はそれでは汲まれません。どれ汲みようを教えて上げよう。右手《めて》の杓でこう汲んで、左手《ゆんで》の桶《おけ》でこう受ける」とうとう一荷汲んでくれた。

「ありがとうございます。汲みようが、あなたのお蔭で、わかったようでございます。自分で少し汲んでみましょう」安寿は汐を汲み覚えた。

隣で汲んでいる女子に、無邪気な安寿が気に入った。二人は午餉《ひるげ》を食べながら、身の上を打ち明けて、姉妹《きょうだい》の誓いをした。これは伊勢の小萩《こはぎ》といって、二見が浦から買われて来た女子である。

最初の日はこんな工合に、姉が言いつけられた三荷の潮も、弟が言いつけられた三荷の柴も、一荷ずつの勧進を受けて、日の暮れまでに首尾よく調《ととの》った。

姉は潮を汲み、弟は柴を苅って、一日《ひとひ》一日《ひとひ》と暮らして行った。姉は浜で弟を思い、弟は山で姉を思い、日の暮れを待って小屋に帰れば、二人は手を取り合って、筑紫にいる父が恋しい、佐渡にいる母が恋しいと、言っては泣き、泣いては言う。

とかくするうちに十日立った。そして新参小屋を明けなくてはならぬときが来た。小屋を明ければ、奴《やっこ》は奴、婢《はしため》は婢の組に入るのである。

二人は死んでも別れぬと言った。奴頭が大夫に訴えた。

大夫は言った。「たわけた話じゃ。奴は奴の組へ引きずって往け。婢は婢の組へ引きずって往け」

奴頭が承って起とうとしたとき、二郎がかたわらから呼び止めた。そして父に言った。

「おっしゃる通りに童《わらべ》どもを引き分けさせてもよろしゅうございますが、童どもは死んでも別れぬと申すそうでございます。愚かなものゆえ、死ぬるかも知れません。苅る柴はわずかでも、汲む潮はいささかでも、人手を耗《へ》らすのは損でございます。わたくしがいいように計らってやりましょう」

「それもそうか。損になることはわしも嫌いじゃ。どうにでも勝手にしておけ」大夫はこう言って脇へ向いた。

二郎は三の木戸に小屋を掛けさせて、姉と弟とを一しょに置いた。

ある日の暮れに二人の子供は、いつものように父母のことを言っていた。それを二郎が通りかかって聞いた。二郎は邸を見廻って、強い奴が弱い奴を虐《しえた》げたり、諍《いさか》いをしたり、盗みをしたりするのを取り締まっているのである。

二郎は小屋にはいって二人に言った。「父母は恋しゅうても佐渡は遠い。筑紫はそれよりまた遠い。子供の往かれる所ではない。父母に逢いたいなら、大きゅうなる日を待つがよい」こう言って出て行った。

ほど経てまたある日の暮れに、二人の子供は父母のことを言っていた。それを今度は三郎が通りかかって聞いた。三郎は寝鳥を取ることが好きで邸のうちの木立ち木立ちを、手に弓矢を持って見廻るのである。

二人は父母のことを言うたびに、どうしようか、こうしようかと、逢いたさのあまりに、あらゆる手立てを話し合って、夢のような相談をもする。きょうは姉がこう言った。

「大きくなってからでなくては、遠い旅が出来ないというのは、それは当り前のことよ。わたしたちはその出来ないことがしたいのだわ。だがわたしよく思ってみると、どうしても二人一しょにここを逃げ出しては駄目なの。わたしには構わないで、お前一人で逃げなくては。そしてさきへ筑紫の方へ往って、お父うさまにお目にかかって、どうしたらいいか伺うのだね。それから佐渡へお母さまのお迎えに往くがいいわ」三郎が立聞きをしたのは、あいにくこの安寿の詞《ことば》であった。

三郎は弓矢を持って、つと小屋のうちにはいった。

「こら。お主《ぬし》たちは逃げる談合をしておるな。逃亡の企てをしたものには烙印《やきいん》をする。それがこの邸の掟じゃ。赤うなった鉄は熱いぞよ。」

二人の子供は真《ま》っ蒼《さお》になった。安寿は三郎が前に進み出て言った。「あれは嘘《うそ》でございます。弟が一人で逃げたって、まあ、どこまで往かれましょう。あまり親に逢いたいので、あんなことを申しました。こないだも弟と一しょに、鳥になって飛んで往こうと申したこともございます。出放題でございます」

厨子王は言った。「姉えさんの言う通りです。いつでも二人で今のような、出来ないことばかし言って、父母の恋しいのを紛《まぎ》らしているのです」

三郎は二人の顔を見較べて、しばらくの間黙っていた。「ふん。嘘なら嘘でもいい。お主たちが一しょにおって、なんの話をするということを、おれがたしかに聞いておいたぞ」こう言って三郎は出て行った。

その晩は二人が気味悪く思いながら寝た。それからどれだけ寝たかわからない。二人はふと物音を聞きつけて目をさました。今の小屋に来てからは、燈火《ともしび》を置くことが許されている。そのかすかな明りで見れば、枕もとに三郎が立っている。三郎は、つと寄って、両手で二人の手をつかまえる。そして引き立てて戸口を出る。蒼ざめた月を仰ぎながら、二人は目見えのときに通った、広い馬道《めどう》を引かれて行く。階《はし》を三段登る。廊《ほそどの》を通る。廻《めぐ》り廻ってさきの日に見た広間にはいる。そこには大勢の人が黙って並んでいる。三郎は二人を炭火の真っ赤におこった炉の前まで引きずって出る。二人は小屋で引き立てられたときから、ただ「ご免なさいご免なさい」と言っていたが、三郎は黙って引きずって行くので、しまいには二人も黙ってしまった。炉の向い側には茵《しとね》三枚を畳《かさ》ねて敷いて、山椒大夫がすわっている。大夫の赤顔が、座の右左に焚《た》いてある炬火《たてあかし》を照り反して、燃えるようである。三郎は炭火の中から、赤く焼けている火筋《ひばし》を抜き出す。それを手に持って、しばらく見ている。初め透き通るように赤くなっていた鉄が、次第に黒ずんで来る。そこで三郎は安寿を引き寄せて、火筋を顔に当てようとする。厨子王はその肘《ひじ》にからみつく。三郎はそれを蹴倒《けたお》して右の膝《ひざ》に敷く。とうとう火筋を安寿の額に十文字に当てる。安寿の悲鳴が一座の沈黙を破って響き渡る。三郎は安寿を衝き放して、膝の下の厨子王を引き起し、その額にも火筋を十文字に当てる。新たに響く厨子王の泣き声が、ややかすかになった姉の声に交じる。三郎は火筋を棄てて、初め二人をこの広間へ連れて来たときのように、また二人の手をつかまえる。そして一座を見渡したのち、広い母屋《おもや》を廻って、二人を三段の階《はし》の所まで引き出し、凍《こお》った土の上に衝き落す。二人の子供は創《きず》の痛みと心の恐れとに気を失いそうになるのを、ようよう堪え忍んで、どこをどう歩いたともなく、三の木戸の小家《こや》に帰る。臥所《ふしど》の上に倒れた二人は、しばらく死《し》骸《がい》のように動かずにいたが、たちまち厨子王が「姉えさん、早くお地蔵様を」と叫んだ。安寿はすぐに起き直って、肌《はだ》の守袋《まもりぶくろ》を取り出した。わななく手に紐《ひも》を解いて、袋から出した仏像を枕もとに据《す》えた。二人は右左にぬかずいた。そのとき歯をくいしばってもこらえられぬ額の痛みが、掻き消すように失せた。掌《てのひら》で額を撫《な》でてみれば、創は痕もなくなった。はっと思って、二人は目をさました。

二人の子供は起き直って夢の話をした。同じ夢を同じときに見たのである。安寿は守本尊を取り出して、夢で据えたと同じように、枕もとに据えた。二人はそれを伏し拝んで、かすかな燈火《ともしび》の明りにすかして、地蔵尊の額を見た。白毫《びゃくごう》の右左に、鏨《たがね》で彫ったような十文字の疵《きず》があざやかに見えた。

二人の子供が話を三郎に立聞きせられて、その晩恐ろしい夢を見たときから、安寿の様子がひどく変って来た。顔には引き締まったような表情があって、眉《まゆ》の根には皺《しわ》が寄り、目ははるかに遠いところを見つめている。そして物を言わない。日の暮れに浜から帰ると、これまでは弟の山から帰るのを待ち受けて、長い話をしたのに、今はこんなときにも詞少《ことばすく》なにしている。厨子王が心配して、「姉えさんどうしたのです」と言うと「どうもしないの、大丈夫よ」と言って、わざとらしく笑う。

安寿の前と変ったのはただこれだけで、言うことが間違ってもおらず、することも平生《へいぜい》の通りである。しかし厨子王は互いに慰めもし、慰められもした一人の姉が、変った様子をするのを見て、際限なくつらく思う心を、誰に打ち明けて話すことも出来ない。二人の子供の境界《きょうがい》は、前より一層寂しくなったのである。

雪が降ったり歇《や》んだりして、年が暮れかかった。奴《やっこ》も婢《はしため》も外に出る為事《しごと》を止めて、家の中で働くことになった。安寿は糸を紡《つむ》ぐ。厨子王は藁を擣《う》つ。藁を擣つのは修行はいらぬが、糸を紡ぐのはむずかしい。それを夜になると伊勢の小萩が来て、手伝ったり教えたりする。安寿は弟に対する様子が変ったばかりでなく、小萩に対しても詞少なになって、ややもすると不愛想をする。しかし小萩は機嫌を損せずに、いたわるようにしてつきあっている。

山椒大夫が邸の木戸にも松が立てられた。しかしここの年のはじめは何の晴れがましいこともなく、また族《うから》の女子《おなご》たちは奥深く住んでいて、出入りすることがまれなので、賑《にぎ》わしいこともない。ただ上《かみ》も下《しも》も酒を飲んで、奴の小屋には諍《いさか》いが起るだけである。常は諍いをすると、きびしく罰せられるのに、こういうときは奴頭が大目に見る。血を流しても知らぬ顔をしていることがある。どうかすると、殺されたものがあっても構わぬのである。

寂しい三の木戸の小屋へは、折り折り小萩が遊びに来た。婢の小屋の賑わしさを持って来たかと思うように、小萩が話している間は、陰気な小屋も春めいて、このごろ様子の変っている安寿の顔にさえ、めったに見えぬ微笑《ほほえ》みの影が浮ぶ。

三日立つと、また家の中の為事が始まった。安寿は糸を紡ぐ。厨子王は藁を擣つ。もう夜になって小萩が来ても、手伝うにおよばぬほど、安寿は紡錘《つむ》を廻すことに慣れた。様子は変っていても、こんな静かな、同じことを繰り返すような為事をするには差支《さしつか》えなく、また為事がかえって一向《ひとむ》きになった心を散らし、落ち着きを与えるらしく見えた。姉と前のように話をすることの出来ぬ厨子王は、紡いでいる姉に、小萩がいて物を言ってくれるのが、何よりも心強く思われた。

水が温《ぬる》み、草が萌《も》えるころになった。あすからは外の為事が始まるという日に、二郎が邸を見廻るついでに、三の木戸の小屋に来た。「どうじゃな。あす為事に出られるかな。大勢の人のうちには病気でおるものもある。奴頭の話を聞いたばかりではわからぬから、きょうは小屋小屋を皆見て廻ったのじゃ」

藁を擣っていた厨子王が返事をしようとして、まだ詞を出さぬ間に、このごろの様子にも似ず、安寿が糸を紡ぐ手を止めて、つと二郎の前に進み出た。「それについてお願いがございます。わたくしは弟と同じ所で為事がいたしとうございます。どうか一しょに山へやって下さるように、お取り計らいなすって下さいまし」蒼ざめた顔に紅《くれない》がさして、目がかがやいている。

厨子王は姉の様子が二度目に変ったらしく見えるのに驚き、また自分になんの相談もせずにいて、突然柴苅りに往きたいと言うのをも訝《いぶか》しがって、ただ目をみはって姉をまもっている。

二郎は物を言わずに、安寿の様子をじっと見ている。安寿は「ほかにない、ただ一つのお願いでございます、どうぞ山へおやりなすって」と繰り返して言っている。

しばらくして二郎は口を開いた「この邸では奴婢《ぬひ》のなにがしになんの為事をさせるということは、重いことにしてあって、父がみずからきめる。しかし垣衣《しのぶぐさ》、お前の願いはよくよく思い込んでのことと見える。わしが受け合って取りなして、きっと山へ往かれるようにしてやる。安心しているがいい。まあ、二人のおさないものが無事に冬を過してよかった」こう言って小屋を出た。

厨子王は杵《きね》を置いて姉のそばに寄った。「姉えさん。どうしたのです。それはあなたが一しょに山へ来て下さるのは、わたしも嬉しいが、なぜ出し抜けに頼んだのです。なぜわたしに相談しません」

姉の顔は喜びにかがやいている。「ほんにそうお思いのはもっともだが、わたしだってあの人の顔を見るまで、頼もうとは思っていなかったの。ふいと思いついたのだもの」

「そうですか。変ですなあ」厨子王は珍らしい物を見るように姉の顔を眺めている。

奴頭が籠と鎌とを持ってはいって来た。「垣衣《しのぶぐさ》さん。お前に汐汲みをよさせて、柴を苅りにやるのだそうで、わしは道具を持って来た。代りに桶と杓《ひさご》をもらって往こう」

「これはどうもお手数《てかず》でございました」安寿は身軽に立って、桶と杓とを出して返した。

奴頭はそれを受け取ったが、まだ帰りそうにはしない。顔には一種の苦笑《にがわら》いのような表情が現われている。この男は山椒大夫一家《いっけ》のものの言いつけを、神の託宣を聴くように聴く。そこで随分情けない、苛酷《かこく》なことをもためらわずにする。しかし生得《しょうとく》、人の悶《もだ》え苦しんだり、泣き叫んだりするのを見たがりはしない。物事がおだやかに運んで、そんなことを見ずに済めば、その方が勝手である。今の苦笑いのような表情は人に難儀をかけずには済まぬとあきらめて、何か言ったり、したりするときに、この男の顔に現われるのである。

奴頭は安寿に向いて言った。「さて今一つ用事があるて。実はお前さんを柴苅りにやることは、二郎様が大夫様に申し上げて拵《こしら》えなさったのじゃ。するとその座に三郎様がおられて、そんなら垣衣を大童《おおわらわ》にして山へやれとおっしゃった。大夫様は、よい思いつきじゃとお笑いなされた。そこでわしはお前さんの髪をもろうて往かねばならぬ」

そばで聞いている厨子王は、この詞を胸を刺されるような思いをして聞いた。そして目に涙を浮べて姉を見た。

意外にも安寿の顔からは喜びの色が消えなかった。「ほんにそうじゃ。柴苅りに往くからは、わたしも男じゃ。どうぞこの鎌で切って下さいまし」安寿は奴頭の前に項《うなじ》を伸ばした。

光沢《つや》のある、長い安寿の髪が、鋭い鎌の一掻《ひとか》きにさっくり切れた。

あくる朝、二人の子供は背に籠を負い腰に鎌を挿《さ》して、手を引き合って木戸を出た。山椒大夫のところに来てから、二人一しょに歩くのはこれがはじめてである。

厨子王は姉の心を忖《はか》りかねて、寂しいような、悲しいような思いに胸が一ぱいになっている。きのうも奴頭の帰ったあとで、いろいろに詞を設けて尋ねたが、姉はひとりで何事をか考えているらしく、それをあからさまには打ち明けずにしまった。

山の麓に来たとき、厨子王はこらえかねて言った。「姉えさん。わたしはこうして久しぶりで一しょに歩くのだから、嬉しがらなくてはならないのですが、どうも悲しくてなりません。わたしはこうして手を引いていながら、あなたの方へ向いて、その禿《かぶろ》になったお頭《つむり》を見ることが出来ません。姉えさん。あなたはわたしに隠して、何か考えていますね。なぜそれをわたしに言って聞かせてくれないのです」

安寿はけさも毫光《ごうこう》のさすような喜びを額にたたえて、大きい目をかがやかしている。しかし弟の詞には答えない。ただ引き合っている手に力を入れただけである。

山に登ろうとする所に沼がある。汀《みぎわ》には去年見たときのように、枯れ葦《あし》が縦横に乱れているが、道端の草には黄ばんだ葉の間に、もう青い芽の出たのがある。沼の畔《ほとり》から右に折れて登ると、そこに岩の隙間《すきま》から清水の湧《わ》く所がある。そこを通り過ぎて、岩壁を右に見つつ、うねった道を登って行くのである。

ちょうど岩の面《おもて》に朝日が一面にさしている。安寿は畳《かさ》なり合った岩の、風化した間に根をおろして、小さい菫《すみれ》の咲いているのを見つけた。そしてそれを指さして厨子王に見せて言った。「ごらん。もう春になるのね」

厨子王は黙ってうなずいた。姉は胸に秘密を蓄《たくわ》え、弟は憂えばかりを抱いているので、とかく受け応えが出来ずに、話は水が砂に沁《し》み込むようにとぎれてしまう。

去年柴を苅った木立ちのほとりに来たので、厨子王は足を駐《とど》めた。「ねえさん。ここらで苅るのです」

「まあ、もっと高い所へ登ってみましょうね」安寿は先に立ってずんずん登って行く。厨子王は訝《いぶか》りながらついて行く。しばらくして雑木林よりはよほど高い、外山《とやま》の頂とも言うべき所に来た。

安寿はそこに立って、南の方をじっと見ている。目は、石浦を経て由良の港に注ぐ大雲川の上流をたどって、一里ばかり隔った川向いに、こんもりと茂った木立ちの中から、塔の尖《さき》の見える中山に止まった。そして「厨子王や」と弟を呼びかけた。「わたしが久しい前から考えごとをしていて、お前ともいつものように話をしないのを、変だと思っていたでしょうね。もうきょうは柴なんぞは苅らなくてもいいから、わたしの言うことをよくお聞き。小萩は伊勢から売られて来たので、故郷からこの土地までの道を、わたしに話して聞かせたがね、あの中山を越して往けば、都がもう近いのだよ。筑紫へ往くのはむずかしいし、引き返して佐渡へ渡るのも、たやすいことではないけれど、都へはきっと往かれます。お母あさまとご一しょに岩代を出てから、わたしどもは恐ろしい人にばかり出逢ったが、人の運が開けるものなら、よい人に出逢わぬにも限りません。お前はこれから思いきって、この土地を逃げ延びて、どうぞ都へ登っておくれ。神仏《かみほとけ》のお導きで、よい人にさえ出逢ったら、筑紫へお下りになったお父うさまのお身の上も知れよう。佐渡へお母あさまのお迎えに往くことも出来よう。籠や鎌は棄てておいて、樏子《かれいけ》だけ持って往くのだよ」

厨子王は黙って聞いていたが、涙が頬《ほお》を伝って流れて来た。「そして、姉えさん、あなたはどうしようというのです」

「わたしのことは構わないで、お前一人ですることを、わたしと一しょにするつもりでしておくれ。お父うさまにもお目にかかり、お母あさまをも島からお連れ申した上で、わたしをたすけに来ておくれ」

「でもわたしがいなくなったら、あなたをひどい目に逢わせましょう」厨子王が心には烙印《やきいん》をせられた、恐ろしい夢が浮ぶ。

「それはいじめるかも知れないがね、わたしは我慢して見せます。金で買った婢《はしため》をあの人たちは殺しはしません。多分お前がいなくなったら、わたしを二人前働かせようとするでしょう。お前の教えてくれた木立ちの所で、わたしは柴をたくさん苅ります。六荷までは苅れないでも、四荷でも五荷でも苅りましょう。さあ、あそこまで降りて行って、籠や鎌をあそこに置いて、お前を麓へ送って上げよう」こう言って安寿は先に立って降りて行く。

厨子王はなんとも思い定めかねて、ぼんやりしてついて降りる。姉は今年十五になり、弟は十三になっているが、女は早くおとなびて、その上物に憑《つ》かれたように、聡《さと》く賢《さか》しくなっているので、厨子王は姉の詞にそむくことが出来ぬのである。

木立ちの所まで降りて、二人は籠と鎌とを落ち葉の上に置いた。姉は守本尊を取り出して、それを弟の手に渡した。「これは大事なお守だが、こんど逢うまでお前に預けます。この地蔵様をわたしだと思って、護り刀と一しょにして、大事に持っていておくれ」

「でも姉えさんにお守がなくては」

「いいえ。わたしよりはあぶない目に逢うお前にお守を預けます。晩にお前が帰らないと、きっと討手《うって》がかかります。お前がいくら急いでも、あたり前に逃げて行っては、追いつかれるにきまっています。さっき見た川の上手《かみて》を和江《わえ》という所まで往って、首尾よく人に見つけられずに、向う河岸へ越してしまえば、中山までもう近い。そこへ往ったら、あの塔の見えていたお寺にはいって隠しておもらい。しばらくあそこに隠れていて、討手が帰って来たあとで、寺を逃げておいで」

「でもお寺の坊さんが隠しておいてくれるでしょうか」

「さあ、それが運験《うんだめ》しだよ。開ける運なら坊さんがお前を隠してくれましょう」

「そうですね。姉えさんのきょうおっしゃることは、まるで神様か仏様がおっしゃるようです。わたしは考えをきめました。なんでも姉えさんのおっしゃる通りにします」

「おう、よく聴いておくれだ。坊さんはよい人で、きっとお前を隠してくれます」

「そうです。わたしにもそうらしく思われて来ました。逃げて都へも往かれます。お父うさまやお母あさまにも逢われます。姉えさんのお迎えにも来られます」厨子王の目が姉と同じようにかがやいて来た。

「さあ、麓まで一しょに行くから、早くおいで」

二人は急いで山を降りた。足の運びも前とは違って、姉の熱した心持ちが、暗示のように弟に移って行ったかと思われる。

泉の湧《わ》く所へ来た。姉は欙子《かれいけ》に添えてある木の椀《まり》を出して、清水を汲んだ。「これがお前の門出《かどで》を祝うお酒だよ」こう言って一口飲んで弟にさした。

弟は椀《まり》を飲み干した。「そんなら姉えさん、ご機嫌よう。きっと人に見つからずに、中山まで参ります」

厨子王は十歩ばかり残っていた坂道を、一走りに駆け降りて、沼に沿うて街道に出た。そして大雲川の岸を上手へ向かって急ぐのである。

安寿は泉の畔《ほとり》に立って、並木の松に隠れてはまた現われる後ろ影を小さくなるまで見送った。そして日はようやく午《ひる》に近づくのに、山に登ろうともしない。幸いにきょうはこの方角の山で木を樵《こ》る人がないと見えて、坂道に立って時を過す安寿を見とがめるものもなかった。

のちに同胞《はらから》を捜しに出た、山椒大夫一家の討手が、この坂の下の沼の端《はた》で、小さい藁履《わらぐつ》を一足《そく》拾った。それは安寿の履《くつ》であった。

中山の国分寺《こくぶじ》の三門に、松明《たいまつ》の火影が乱れて、大勢の人が籠《こ》み入って来る。先に立ったのは、白柄《しらつか》の薙刀《なぎなた》を手挾《たばさ》んだ、山椒大夫の息子三郎である。

三郎は堂の前に立って大声に言った。「これへ参ったのは、石浦の山椒大夫が族《うから》のものじゃ。大夫が使う奴《やっこ》の一人が、この山に逃げ込んだのを、たしかに認めたものがある。隠れ場は寺内よりほかにはない。すぐにここへ出してもらおう」ついて来た大勢が、「さあ、出してもらおう、出してもらおう」と叫んだ。

本堂の前から門の外まで、広い石畳が続いている。その石の上には、今手に手に松明を持った、三郎が手のものが押し合っている。また石畳の両側には、境内に住んでいる限りの僧俗が、ほとんど一人も残らず簇《むらが》っている。これは討手の群れが門外で騒いだとき、内陣からも、庫裡《くり》からも、何事が起ったかと、怪しんで出て来たのである。

初め討手が門外から門をあけいと叫んだとき、あけて入れたら、乱暴をせられはすまいかと心配して、あけまいとした僧侶が多かった。それを住持曇猛律師《じゅうじどんみょうりっし》があけさせた。しかし今三郎が大声で、逃げた奴を出せと言うのに、本堂は戸を閉じたまま、しばらくの間ひっそりとしている。

三郎は足踏みをして、同じことを二三度繰り返した。手のもののうちから「和尚さん、どうしたのだ」と呼ぶものがある。それに短い笑い声が交じる。

ようようのことで本堂の戸が静かにあいた。曇猛律師が自分であけたのである。律師は偏衫《へんさん》一つ身にまとって、なんの威儀をも繕《つくろ》わず、常燈明の薄明りを背にして本堂の階《はし》の上に立った。丈《たけ》の高い巌畳《がんじょう》な体と、眉のまだ黒い廉張《かどば》った顔とが、揺《ゆら》めく火に照らし出された。律師はまだ五十歳を越したばかりである。

律師はしずかに口を開いた。騒がしい討手のものも、律師の姿を見ただけで黙ったので、声は隅々まで聞えた。「逃げた下人《げにん》を捜しに来られたのじゃな。当山では住持のわしに言わずに人は留めぬ。わしが知らぬから、そのものは当山にいぬ。それはそれとして、夜陰に剣戟《けんげき》を執《と》って、多人数押し寄せて参られ、三門を開けと言われた。さては国に大乱でも起ったか、公《おおやけ》の叛逆人《はんぎゃくにん》でも出来たかと思うて、三門をあけさせた。それになんじゃ。御身《おんみ》が家の下人の詮議《せんぎ》か。当山は勅願の寺院で、三門には勅額をかけ、七重の塔には宸翰金字《しんかんこんじ》の経文が蔵《おさ》めてある。ここで狼藉《ろうぜき》を働かれると、国守《くにのかみ》は検校《けんぎょう》の責めを問われるのじゃ。また総本山東大寺に訴えたら、都からどのような御沙汰《ごさた》があろうも知れぬ。そこをよう思うてみて、早う引き取られたがよかろう。悪いことは言わぬ。お身たちのためじゃ」こう言って律師はしずかに戸を締めた。

三郎は本堂の戸を睨《にら》んで歯咬《はが》みをした。しかし戸を打ち破って踏み込むだけの勇気もなかった。手のものどもはただ風に木の葉のざわつくようにささやきかわしている。

このとき大声で叫ぶものがあった。「その逃げたというのは十二三の小わっぱじゃろう。それならわしが知っておる」

三郎は驚いて声の主《ぬし》を見た。父の山椒大夫に見まごうような親爺《おやじ》で、この寺の鐘楼守《しゅろうもり》である。親爺は詞を続《つ》いで言った。「そのわっぱはな、わしが午《ひる》ごろ鐘楼から見ておると、築泥《ついじ》の外を通って南へ急いだ。かよわい代りには身が軽い。もう大分の道を行ったじゃろ」

「それじゃ。半日に童の行く道は知れたものじゃ。続け」と言って三郎は取って返した。

松明《たいまつ》の行列が寺の門を出て、築泥《ついじ》の外を南へ行くのを、鐘楼守は鐘楼から見て、大声で笑った。近い木立ちの中で、ようよう落ち着いて寝ようとした鴉《からす》が二三羽また驚いて飛び立った。

あくる日に国分寺からは諸方へ人が出た。石浦に往ったものは、安寿の入水《じゅすい》のことを聞いて来た。南の方へ往ったものは、三郎の率いた討手が田辺まで往って引き返したことを聞いて来た。

中二日おいて、曇猛律師が田辺の方へ向いて寺を出た。盥《たらい》ほどある鉄の受糧器を持って、腕の太さの錫杖《しゃくじょう》を衝いている。あとからは頭を剃りこくって三衣《え》を着た厨子王《ずしおう》がついて行く。

二人は真昼に街道を歩いて、夜は所々の寺に泊った。山城の朱雀野《しゅじゃくの》に来て、律師は権現堂に休んで、厨子王に別れた。「守本尊を大切にして往け。父母の消息はきっと知れる」と言い聞かせて、律師は踵《くびす》を旋《めぐら》した。亡くなった姉と同じことを言う坊様だと、厨子王は思った。

都に上った厨子王は、僧形《そうぎょう》になっているので、東山の清水寺《きよみずでら》に泊った。

籠堂《こもりどう》に寝て、あくる朝目がさめると、直衣《のうし》に烏帽子《えぼし》を着て指貫《さしぬき》をはいた老人が、枕もとに立っていて言った。「お前は誰の子じゃ。何か大切な物を持っているなら、どうぞおれに見せてくれい。おれは娘の病気の平癒《へいゆ》を祈るために、ゆうべここに参籠《さんろう》した。すると夢にお告げがあった。左の格子《こうし》に寝ている童《わらわ》がよい守本尊を持っている。それを借りて拝ませいということじゃ。けさ左の格子に来てみれば、お前がいる。どうぞおれに身の上を明かして、守本尊を貸してくれい。おれは関白師実《もろざね》じゃ」

厨子王は言った。「わたくしは陸奥掾《むつのじょう》正氏《まさうじ》というものの子でございます。父は十二年前に筑紫の安楽寺へ往ったきり、帰らぬそうでございます。母はその年に生まれたわたくしと、三つになる姉とを連れて、岩代の信夫郡《しのぶごおり》に住むことになりました。そのうちわたくしが大ぶ大きくなったので、姉とわたくしとを連れて、父を尋ねに旅立ちました。越後まで出ますと、恐ろしい人買いに取られて、母は佐渡へ、姉とわたくしとは丹後の由良へ売られました。姉は由良で亡くなりました。わたくしの持っている守本尊はこの地蔵様でございます」こう言って守本尊を出して見せた。

師実は仏像を手に取って、まず額に当てるようにして礼をした。それから面背《めんぱい》を打ち返し打ち返し、丁寧に見て言った。「これはかねて聞きおよんだ、尊い放光王地蔵菩薩《ほうこうおうじぞうぼさつ》の金像《こんぞう》じゃ。百済国《くだらのくに》から渡ったのを、高見王が持仏にしておいでなされた。これを持ち伝えておるからは、お前の家柄に紛《まぎ》れはない。仙洞《せんとう》がまだ御位《みくらい》におらせられた永保《えいほう》の初めに、国守の違格《いきゃく》に連座して、筑紫へ左遷せられた平正氏《たいらのまさうじ》が嫡子に相違あるまい。もし還俗《げんぞく》の望みがあるなら、追っては受領《ずりょう》の御沙汰もあろう。まず当分はおれの家の客にする。おれと一しょに館《やかた》へ来い」

関白師実の娘といったのは、仙洞にかしずいている養女で、実は妻の姪《めい》である。この后《きさき》は久しい間病気でいられたのに、厨子王の守本尊を借りて拝むと、すぐに拭《ぬぐ》うように本復《ほんぷく》せられた。

師実は厨子王に還俗させて、自分で冠《かんむり》を加えた。同時に正氏が謫所《たくしょ》へ、赦免状《しゃめんじょう》を持たせて、安否を問いに使いをやった。しかしこの使いが往ったとき、正氏はもう死んでいた。元服して正道と名のっている厨子王は、身のやつれるほど歎《なげ》いた。

その年の秋の除目《じもく》に正道は丹後の国守にせられた。これは遥授《ようじゅ》の官で、任国には自分で往かずに、掾《じょう》をおいて治めさせるのである。しかし国守は最初の政《まつりごと》として、丹後一国で人の売り買いを禁じた。そこで山椒大夫もことごとく奴婢を解放して、給料を払うことにした。大夫が家では一時それを大きい損失のように思ったが、このときから農作も工匠《たくみ》の業《わざ》も前に増して盛んになって、一族はいよいよ富み栄えた。国守の恩人曇猛律師は僧都《そうず》にせられ、国守の姉をいたわった小萩は故郷へ還《かえ》された。安寿が亡きあとはねんごろに弔《とむら》われ、また入水した沼の畔《ほとり》には尼寺が立つことになった。

正道は任国のためにこれだけのことをしておいて、特に仮寧《けにょう》を申し請うて、微行して佐渡へ渡った。

佐渡の国府《こふ》は雑太《さわた》という所にある。正道はそこへ往って、役人の手で国中を調べてもらったが、母の行くえは容易に知れなかった。

ある日正道は思案にくれながら、一人旅館を出て市中を歩いた。そのうちいつか人家の立ち並んだ所を離れて、畑中の道にかかった。空はよく晴れて日があかあかと照っている。正道は心のうちに、「どうしてお母あさまの行くえが知れないのだろう、もし役人なんぞに任せて調べさせて、自分が捜し歩かぬのを神仏が憎んで逢わせて下さらないのではあるまいか」などと思いながら歩いている。ふと見れば、大ぶ大きい百姓家がある。家の南側のまばらな生垣《いけがき》のうちが、土をたたき固めた広場になっていて、その上に一面に蓆《むしろ》が敷いてある。蓆には刈り取った粟《あわ》の穂が干してある。その真ん中に、襤褸《ぼろ》を着た女がすわって、手に長い竿《さお》を持って、雀の来て啄《ついば》むのを逐《お》っている。女は何やら歌のような調子でつぶやく。

正道はなぜか知らず、この女に心が牽《ひ》かれて、立ち止まってのぞいた。女の乱れた髪は塵《ちり》に塗《まみ》れている。顔を見れば盲《めしい》である。正道はひどく哀れに思った。そのうち女のつぶやいている詞が、次第に耳に慣れて聞き分けられて来た。それと同時に正道は瘧病《おこりやみ》のように身うちが震《ふる》って、目には涙が湧いて来た。女はこういう詞を繰り返してつぶやいていたのである。

安寿恋しや、ほうやれほ。
厨子王恋しや、ほうやれほ。
鳥も生《しょう》あるものなれば、
疾《と》う疾う逃げよ、逐《お》わずとも。

正道はうっとりとなって、この詞に聞き惚《ほ》れた。そのうち臓腑《ぞうふ》が煮え返るようになって、獣《けもの》めいた叫びが口から出ようとするのを、歯を食いしばってこらえた。たちまち正道は縛られた縄が解けたように垣のうちへ駆け込んだ。そして足には粟の穂を踏み散らしつつ、女の前に俯伏《うつふ》した。右の手には守本尊を捧げ持って、俯伏したときに、それを額に押し当てていた。

女は雀でない、大きいものが粟をあらしに来たのを知った。そしていつもの詞を唱えやめて、見えぬ目でじっと前を見た。そのとき干した貝が水にほとびるように、両方の日に潤《うるお》いが出た。女は目があいた。

「厨子王」という叫びが女の口から出た。二人はぴったり抱き合った。

高瀬舟・山椒大夫

二〇〇五年八月一〇日　第一刷発行

著者　森鴎外
発行者　大田川茂樹
発行所　株式会社　舵　社
郵便番号　一〇五―〇〇一三
東京都港区浜松町一―二―十七
ストークベル浜松町
電話（〇三）三四三四―五一八一
装丁　木村　修
印刷所　大日本印刷

落丁・乱丁本はお取り替えいたします。

ISBN4-8072-2210-4

テキストは、インターネットの図書館「青空文庫」からダウンロードしたものを基本にしました。
青空文庫　http://www.aozora.gr.jp/